U0530386

HOTEL
DU LAC
Anita Brookner

杜兰葛山庄

[英] 安妮塔·布鲁克纳 著

熊亭玉 译

天地出版社 | TIANDI PRESS

目录 CONTENTS

第 一 章 / 001

第 二 章 / 023

第 三 章 / 039

第 四 章 / 059

第 五 章 / 077

第 六 章 / 099

第 七 章 / 115

第 八 章 / 135

第 九 章 / 155

第 十 章 / 179

第十一章 / 209

第十二章 / 229

第一章

就像在梦里,伊迪丝感觉到绝望和一种注定没有好结果的好奇,仿佛她必须沿着这条小路一路追寻,等待最终的结果展现在面前。在这样的傍晚,她此刻的心境,这条小路的朝向,似乎都暗示出不妙的结果。

从窗户望出去，只能看到一片往后延展的灰色。灰色的花园里似乎别无他物，只有一种不知名的植物抽出硬邦邦的叶子。越过花园，理应广阔的灰色湖面，就像被麻醉了一样，一动不动地延伸到看不见的彼岸。再往后的登奥什峰只能靠想象，但手册里写得明明白白，想来山峰上应是微雪悄然飘落。现在已是九月下旬，过了旺季；游客已经离开，房价下跌。湖边小镇没什么吸引人之处，本地居民本就不善言辞，遇上下沉的浓云一连萦绕数日，他们常常显得沉默寡言；而数日之后，没有任何征兆，云消雾散，地貌焕然一新，绮丽多姿：一艘艘的船儿在湖面掠过；乘客们站在浮动码头上；露天的市场里热闹非凡；一座十三世纪建造的城堡遗址展现出荒凉的轮廓；远处山脉上有几道白色；南边的高地更为明媚，那是一片地势渐高的苹果园林，树上的果子闪闪发亮，蕴含着深意。这是稳妥的丰收之地，这片土地战胜了人类的各种偶然，只有天气依然是不受控制地令人沮丧。

浪漫小说作家伊迪丝·霍普的笔名更为响亮。她一直站在窗户边上，仿佛凭借良好的愿望就能划破眼前这神秘的混沌灰色。她来之前得到的承诺是：这里的氛围轻松愉快，可以养精蓄锐；气候令人心旷神怡；配套条件绝对合理，实用性那更是不用说——安静的酒店，精湛的烹饪技艺，可远足漫步，静谧安宁，可早早睡觉。她正是要在这样的环境中舒展原本严肃勤奋的个性，忘记那次不幸的过失。正是由于那次过失，她才在这个慢慢暗淡下去的季节，短暂流亡到了这个显然是人烟稀少的地方，而此时她本应在家……可是，家，或者说"那个家"突然变成了一剂毒药，面对那种处境而惊慌失措的她默许了朋友的建议，决定短暂休息一段时间，听任朋友兼邻居的佩内洛普·米尔恩驱车把她送到机场。佩内洛普·米尔恩双唇紧闭，看来她必须体面地消失一段时间，归来之际更老到、更明智，要有恰如其分的歉意，才能得到米尔恩的原谅。她心想，别人可不允许我有这样的过失，我又不是不谙世事的小女孩；我为什么要是小女孩呢？我是严肃认真的女人，早过了鲁莽行事的年龄，我自己应该明白，而朋友们也如此判断。不止一人说过我长得像弗吉尼亚·伍尔夫。我有房子，我是纳税人，很会做家常菜，不到截稿日就早早交上打印稿件；别人让我签字，我就签字；我从来不给出版商打电话；虽然我知道自己的写作风格很不错，但也没有自命不凡，提出过任何要求。我的性格如此低调，如此配合别人，已经很长时间了。别人肯定都感到了厌烦，可我自己却不能厌烦。我的形象并不高大，那些认为了解我的人一致同意我就该如此。嗯，我发现花园里那种植物的叶子一动也不动。是的，毫无疑问，在这一片灰色中，孤独地疗养一段时间，我就可以回去了，重拾我与世无争的存在，重归破格行事之前的我。但坦率而言，我做了那件事之后，压根儿就没再想过它。但现在，我在想呢，真的在想。

她转过身，背对窗外那广袤的灰色，打量着房间。房间是小牛肉煎过火了的颜色：小牛肉颜色的地毯和窗帘；床很高很窄，上面铺着小牛肉颜色的床罩；一张简朴的小桌子，下面紧贴着放了一张与之相配的椅子；衣柜又窄又小；她头顶上方很高的地方，有一盏很小的黄铜枝状吊灯，她知道最终这盏吊灯的八个小灯泡会发出微弱的惨淡亮光。还有一层硬邦邦的白色花边窗帘，进一步遮挡住稀少的日光。窗帘可以拉开，长长的落地窗外面是一个长条的窄阳台，有一张绿色的铁艺桌子和椅子。她想，天气好的时候，我可以在这里写东西。她走到行李旁，抽出两个大文件夹，一个文件夹里装的是《月亮来访之下》的第一章，在人生这段特殊的间隙，她计划平静地写稿。但她的双手却伸向了另一个文件夹，一打开，她便自然而然地走到桌子旁，很快就坐在稳稳的椅子上，打开笔帽，忘记了周围的环境。

她写道：

我最亲爱的大卫：

我来的这一路上很是冰冷。佩内洛普车开得飞快，面若冰霜地看着前方，仿佛是要把被告席的囚犯押到保安处。我很想说话——我这天要去坐飞机，医生开的药丸起了让我变成话痨的作用，这样的情况并不是天天都有。但是，我这样介入似乎并不受欢迎。到了希思罗机场，她总算发了慈悲，给我的行李找了个推车，告诉我哪儿可以喝杯咖啡。接着，她突然就走了，我感觉很糟糕，并不是觉得难过，而是眩晕，很想与人攀谈，却没有可以说话的人。我喝了咖啡，踱来踱去，努力明察秋毫，人们认为作者就是这样的（除了亲爱的你，你压根儿就不想这事儿）。突然，我在女洗手间的镜子里看到了自己，看到我一丝不苟的形象，我想我就不应该在这里！我与周围的环境格格不入！周围人潮涌动，孩子们在叫嚷，每个人都是一门心思要到别处，而我在镜子里看到了一个穿着羊毛长衫的女人，她和颜悦色，稍微有点骨感，温柔的眼睛挺好看的，手脚挺大，脖子很柔顺，我哪儿也不想去，但我已经保证要在外面待上一个月的时间，好让每个人都觉得我回归了自我。一时间，我恐慌了，因为现在我是我自己，那时我也是我自己，只是没人认识到这一事实而已。这种感觉不像是溺水挣扎，而像是在挥手求救。

不管怎样，短暂恐慌后，虽然不容易，我还是平静下来了。哪里还能找到这么一群可靠的人呢？我加入其中，不消问，就知道他们是去瑞士的。很快，我坐到了飞机上，身边是一位很有魅力的男子，他要到日内瓦参加会议，他给我讲会议的事情。我推断他是医生；事实上，当他说他大部分时间都在塞拉利昂工作的时候，我给他贴上了热带病医生的标签，结果他从事的是与钨金属有关的行业。小说家闻名遐迩的想象力也就这样。我好歹感觉好了一点儿。他给我讲他的妻子、女儿们，再过两天，他就要飞回家跟她们一起过周末，然后再回塞拉利昂。空中的时间短得出奇，我们就到了那儿（我注意到我用的词是"那儿"，不是"这儿"），他送我上了出租车。大约半个小时后，我到了这儿（现在，才有了"这儿"的感觉，而不是"那儿"）。说着，我就得整理行李，梳洗一下，下楼找找看，喝杯茶。

这地方似乎没什么人。我进来的时候，只看到一个年老的妇人。她小小的个子，脸上褶子多得像斗牛犬，腿弯得像两张弓，走起路来，身体左一甩、右一甩的，气势冷峻地往前逼近，我本能地让开了。她手里拄着拐杖，头上戴着面纱，上面点缀着小小的蓝色天鹅绒蝴蝶结。我给她贴上了比利时糖果商遗孀的标签，但她摇摇摆摆经过之际，给我拿行李的小伙子微微冲她点了点头，喃喃地招呼了一声"伯爵夫人"。小说家闻名遐迩的想象力也就这样。不管怎样，我很快就被领到了这个房间（几乎就是被引诱到此），没能看到其他的东西。这个房间看起来安静而温暖，还算宽敞。至于天气，我觉得可以用"平静"二字来形容。

你一直在我的脑海里。我想要推测你在哪儿，但很有难度，毕竟我现在被团团围住：一是小到可以忽略的时间差，二是药效还没有过去，三是那些忧伤的松柏。说起来就是这样的。但明天就是星期五，等到天色暗下来，我就能想象你钻进车里，开往度假小屋。接下来，当然是周末，我不愿去想周末。你不可能知道……

写到这里，她放下笔，揉揉眼睛，肘部放在桌上，双手撑着脑袋。接着，她眨了眨眼睛，又拿起笔，继续写信。

说什么你要好好照顾自己也是荒唐，这是别人的小心和顾虑，而你压根儿就没放在心上。再说了，我也没法让你照顾好自己。我的心肝儿，我父亲就是这么称呼我母亲的，我非常想你。

写完了，她依然坐在桌边，过了几分钟，长长地吸了一口气，给笔套上笔帽。她想，茶，我要喝茶，然后散散步，沿着湖边好好走一走，泡个澡，换上我蓝色的裙子，到时候就要在餐厅亮相，初次入场总是那么艰难。再之后，就是晚餐那一套，会花点儿时间。用餐结束，我还要坐一会儿，找人说说话，至于那人是谁，即便是那位满脸褶子的夫人也无关紧要。我得早早上床睡觉，所以还好。其实我已经非常疲倦了。她打着哈欠，感到眼眶湿润，便站了起来。

收拾行李花了几分钟时间。为了图个彩头，她把大部分衣服留在行李箱里，寓意如果机缘凑巧，几分钟后就会离开。但她明白，衣服依旧会留在原处，无望地放到起褶皱，成为这场妥协交易的一部分。这已无关紧要。她把梳子和睡袍放进浴室，看了看自己的样子，觉得似乎与之前没什么两样。于是，她找到手提包和钥匙，迈步出门，脚步声回荡在空荡荡的过道里。光线透过楼梯平台的大窗户照进来。过道的墙壁仿佛还在回忆遥远过去的那场盛宴。周围空无一人，但过道尽头的那扇门里隐约传出了收音机的声音。

杜兰葛山庄（属于胡贝尔家族）是一家享有盛誉的传统酒店，建筑风格深沉雅致，迎来送往的对象或是内敛低调，或是家境优裕，或是安享晚年，皆为旅游业早期受人尊重的顾客类型。面对时下的旅游行业，山庄恪守传统，不屑一顾，无意改动或翻新以迎合潮流。其装潢虽然古板，却质量上乘，亚麻床单一尘不染，服务无可挑剔。山庄在见多识广的业内人士中享有盛名，吸引了很多真正有意从事酒店行业的有志青年学徒，他们皆为品性纯良之辈。山庄对一切资源都持超然之态，唯在招才纳贤上格外用心。至于待客之道，山庄没有任何迎合之举，并且以此为荣。如果来客只是顺道看看房间，瞧见空空荡荡的天台、鸦雀无声的大厅，听不见公放的音乐，不见公共电话，也没有风景旅游的广告牌或是小镇便利设施的布告栏，不免会疑惑，进而改变心意，退出酒店。这里没有桑拿，没有美发师，当然也没有陈列珠宝的玻璃柜台。酒吧空间局促，光线暗淡，朴实简陋，没有留客之意，明里暗里都在说，无论是商务洽谈，还是私下畅饮，贪杯都有失体面，如果非得如此，则应该在自己的房间里进行，或是选择对此见惯不惊的大众场所。上午10点后，女服务员就很少露面，到这个时间点，所有的清扫整理工作都必须结束，随即就听不到吸尘的声音，也看不到运送换洗床单的手推车。只有在客人们换好晚装，下楼用晚餐的时候，房间里才会再次响起窸窣的声音，女服务员再次出现，给客人们掀开床罩，整理房间。只是老顾客们会口口相传地推荐这家店，面对这样的宣传，山庄也是无能为力，无法置身其外。

山庄提供的是一个温和的避世之所：对隐私的保护，还有无可指责的周到服务。这最后一项特质会让很多人觉得索然无趣。通常而言，杜兰葛山庄的房间有一半都是空置的，每年这个时候，到了旅游季节的尾声，山庄不问其他，只是服务于寥寥无几的客人，然后在冬季关门歇业。在夏季旅游高峰时前来享受假期的客人已所剩无几，山庄对待他们的态度依然是礼貌尊重，仿佛他们也是宝贝的老顾客一般，其中的确也有老顾客。当然了，山庄无意取悦这些客人，只是细心周到，甄别他们的个性，满足他们的需求。其中不言而喻的是山庄会满足客人的要求，而客人也不会辜负山庄的标准。如果出现任何问题，山庄处理得也是不露声色。这一来，山庄就有了不张扬的名头，那些在生活中遭受挫折或只是疲惫的人肯定能在这里得到将息休养。对于知晓此类事情的人，他们的记录卡片中有山庄的名字和位置。某些医生知道这里，很多律师知道这里，经纪人和会计师也知道这里。旅行社不知道，或者已经忘记了这个地方。

如果有些家庭想要安宁，想要暂时安置家中某个不安分的人，那这家店就是宝贝。山庄名声在外。

当然，这是一家很不错的酒店，就在湖边，景色怡人。阳光虽然不明媚，但与其他类似的度假区相比，也算是还过得去。山庄所在的小镇，资源虽然有限，但也可以租到汽车，短途旅行也是可以的，四处走走，虽然没有惊艳的感觉，也还是会让人内心愉悦。这里的风光，这里的景致，这里的山水，都没有什么特别出众的，就像是用早期风格勾勒出来的一幅水彩画。全世界的年轻人都兴致勃勃地冲向阳光和沙滩，路上和机场塞满了人，杜兰葛山庄安静地置身其外，并以此为傲，这里有时真的是个非常安静的地方。山庄知道，自己在老朋友们的记忆里有一席之地；山庄也知道，自己不会拒绝新客人的任何合理要求，但新客人入住这样档次的酒店要有人推荐，其要求要有先例可循，而先例的名字已载入胡贝尔家族可追溯到20世纪初的档案。

楼梯很宽，台阶很矮，伊迪丝顺着楼梯往下走，听到了有教养的笑声，循声望去，那地方看上去像是个沙龙，里面的人应该是在喝茶吧。她朝沙龙走去，脚步声仿佛惊动了什么，她突然听到一声愤怒的吠叫声，声音尖锐，估计一时半会儿停不下来。一只很小的狗蹲在楼梯下，浑身发抖，焦躁不安，长长的毛发盖住了眼睛。发现自己的叫声没有惊动谁来看动静，它亮开嗓门，再次叫唤起来，试探性地叫唤，就像个婴儿一样。它不停歇地哀嚎，就像惨遭折磨一样，于是有人大声回应："琦琦！琦琦！怎么这么淘气呢！"一个高高的女子，相当苗条，就像鹧鸪一样，低垂着窄窄的脑袋，从酒吧里冲出来，立刻蹲在楼梯下，双手抱起那只狗，揽在怀里一阵亲吻；接着，还是一样轻柔的动作，她把小狗贴在脸上，像抱着靠枕一样，走回酒吧。经理看到最后一级台阶上有一小摊水，眼睛微微一闭，飞快地打了一个响指。一个身穿白色外套的小伙子应声出现，挥舞抹布，面无表情地擦掉了那摊水，仿佛这是常有的事。杜兰葛山庄的经理对伊迪丝·霍普表示关切，希望这件事情没有打扰她刚到此处的雅兴，同时说明这并非动物不良行为造成的结果，也是开脱狗主人的责任，毕竟是他们失策，允许客人带狗来酒店。他当然要给后者提供掩护，但也不是共谋。

伊迪丝心想，多有意思呀。那女子是英国人。如此与众不同的体态，她也许是个舞者。她答应自己，之后再想这个。

房间就那样，沙龙看起来倒是宜人，超出了期待：深蓝色的地毯，摆放着好多圆形的玻璃桌子，舒服的老式扶手椅，一架小小的竖式钢琴。一位上了年纪的钢琴师坐在钢琴前，戴的是现成的领结，弹奏的选段节奏和缓，全是战前的音乐剧。伊迪丝喝了茶，吃了一小块美味的樱桃蛋糕，鼓足勇气打量周围。沙龙里没几个人，大多数人只会回来用晚餐吧。那位面孔如斗牛犬的夫人，一脸严肃地吃着东西，双腿叉开，完全没有注意到点心屑掉到膝盖上。远处的角落里，影子一样的两个男人低声说着话。另外有两个人，头发灰白，也许是夫妇，或是兄妹，正在检查他们的机票；那位男士时不时地被打发出去瞧车来了没，根本没法好好坐着喝完茶。房间光线倒是很明亮，可最突出的特点却是死寂的氛围。伊迪丝知道自己逃不掉，叹了一口气，但也安慰自己说，挺好的，可以趁这个机会完成《月亮来访之下》这本书，但这并不是她想要寻找的机会。

伊迪丝带了一本书看着，但一个字都没看进去。等再次抬起眼帘，她意外看到了一位光彩照人的女士。这位女士年龄不明，淡金色的头发，深红色的指甲油，印花绸缎的裙子很美（也很昂贵），一只手跟随音乐打着节拍，漂亮的脸蛋儿上挂着愉悦的微笑。女服务生显然是被这样美丽的存在所吸引，围着她打转儿，端上了更多的茶和蛋糕。这位女士对她报以温暖的微笑，对年老的钢琴师的微笑更是温暖，只见他站起来，掩上乐谱，来到这位女士身边，弯下腰，悄声对她说了什么，女士笑了起来。接着，钢琴师吻了女士的手，转身离开，得到这位女士的欣赏，连他僵硬瘦削的背影都焕发出了光彩。这位女士靠在椅背上，一手端着杯托，一手捏着茶杯送到嘴边，文雅地喝了几口，甚至有一种赏光和示范的意味。她看起来的确是乐在其中，完全没有某些人身在异地的痛苦，在这座山庄的氛围中，她显然有宾至如归之感，即便这家酒店有四分之三的房间是空置的，也是如此。

伊迪丝像是被催眠了一样，一直望着眼前这一幕，一秒钟都不忍错过。女士掏出一块精致的花边手绢擦了擦嘴唇，手上的戒指闪耀着光芒。女士的托盘被撤了下去，伊迪丝急切地等待着，想要看看她在茶点和晚餐的间隙会做点儿什么。对于无所期待或是无人陪伴的酒店客人，这段时间最是难熬。但那位女士自然不是孤身一人。"我来了。"一个年轻欢快的声音传了过来,随之走进沙龙的是一位女子,紧身的白色裤子(伊迪丝觉得,真是太紧了)勾勒出她臀部的曲线,看上去就像是硕大的维多利亚李子[1]。"宝贝,你来了,"那位女士大声说道,她肯定是女孩的母亲,"我已经用了下午茶,你呢?"

"没有,不过也没关系。"女孩说道。在伊迪丝看来,女孩比母亲逊色很多,或者说,虽然是一样的模子,她却还不像母亲那样精雕细琢。

"但是,我的宝贝呀!"那位年长的女士惊呼道,"你必须得喝点儿茶!你肯定是累坏了!摇铃吧。让他们再做一点儿就是。"

一位女服务生走过来,母女两人都朝她露出了迷人的微笑,虽是拜托对方端茶,她们脸上流露出的却是茶点肯定会端上来的确定。这之后,母女俩立刻投入地交谈起来,伊迪丝只能零零星星地听到几个词,中间夹杂着两人一阵阵欢快的笑声。茶点端了上来,她们仰起微笑的面孔对着女服务生,热情洋溢地表示感谢,接着继

---

1 一种英国品种的李子,黄色果肉,红色或是杂色果皮。

续交谈起来，但女服务生逗留了一下，仿佛一般情况下对方都还会有其他的吩咐，但这一次，身着绸缎裙子的女士说道："亲爱的，这些就足够了。"接着，她就专心致志地望着自己的女儿。

伊迪丝心想，这女儿肯定有二十五了吧，没有结婚，但并不在意。"她一点儿也不着急，"伊迪丝想象那位母亲面带精致的笑容说道，"她这样挺幸福的。"女儿则会红了脸，昂首收颔，引得年老的绅士们平添非分之想，而伊迪丝觉得，那些人平日里肯定对这位母亲献了不少殷勤。伊迪丝对自己说，不能再这样。没必要呀，干吗要编别人的故事呢？不用我编，别人活得好好的呢。她突然感到伤感，很渴望有这样的母亲：脾气这么好，举止这么优雅，虽然已经快要六点钟了，还一定坚持要女儿用茶点。她也突然非常渴望有这样的女儿：如此自信，坦然接受各种优待……她们是英国人，但却不是伊迪丝熟悉的类型，她们相当富有，现在挺开心的。看起来，她们一直都挺开心的。

终于，她们决定起身。母亲坐在椅子上两次挪动位置，女儿在她身边活力四射，非常清楚什么时候该帮忙。伊迪丝有些惊讶地看到，那位年长的女士关节僵硬，行动不便；从远处看去，她有一种成熟而年轻的耀眼魅力，让人过目不忘，可站起来后，这样的光彩消失了。伊迪丝体贴地调整了年龄，之前她觉得母亲是五十好几，女儿是二十五左右，现在将母亲调整为六十好几，女儿则是三十出头。无论多大年纪，母女俩都是相貌出众。年长的女士在伊迪丝的对面，虽然有些距离，但在离开房间之际，她转身对伊迪丝露出了温和的微笑，以示招呼，伊迪丝心里非常欢喜。

接下来，她感到无事可做，只能去散步。

灰色的天空下，伊迪丝走在渐渐暗淡的光线中，穿过寂静的花园，穿过铁门，穿过熙熙攘攘的马路，独自一人走在湖边。穿过小镇的十字路口，她再次被寂静包围，仿佛会永远这样走下去，没有任何打扰，只有她本人的思绪为伴。那些最明白的人把她放逐到这样的孤独中，她想要的却不是这样的孤独。本来就是艰难时刻，而这里的天光昏暗不明，云山雾罩，却并不友好，对于匆忙中没有带上厚外套的人，这难道是额外的优待吗？湖水纹丝不动；头顶上孤零零地悬着一盏路灯，灯光照下来，一棵悬铃木无精打采的叶子被映得如同翡翠一样亮丽。她心想，如果我不愿意，就不必待下去。没人真正强迫我待在这里。可是,即便是为了回家的时候颜面上好看些,我也要试一试。这地方也算不上荒无人烟。我的确需要休息一下。也许可以待上一个星期。像我这样见识短浅的人,在这里还是能有很多发现的,可那些人都不适合写进我的小说中。但那个体形修长的女人,那个美丽的女人,她那条烦人的狗。还有那对耀眼的母女,在这里如此泰然。她们为什么在这里呢?但是,女人,女人,她们都是女人,我真的很喜欢和男人的交谈。哦,大卫,大卫呀。

她独自走在湖边,感觉就像是在梦里无声地行走,梦是荒诞和必然的交织。就像在梦里,伊迪丝感觉到绝望和一种注定没有好结果的好奇,仿佛她必须沿着这条小路一路追寻,等待最终的结果展现在面前。在这样的傍晚,她此刻的心境,这条小路的朝向,似乎都暗示出不妙的结果:震惊;背叛;至少是错过了火车;衣衫褴褛地出席重要场合;不知何故受到指控,现身法庭。这也是梦境中的光线,走在朝圣路上,暗影晃动,既不是白昼,也不是黑夜。但她毕竟是行走在真实世界里,也感到了某些现实的具体存在:笔直的碎石小路,路边是两排树木,树下是夯实的泥土。路的一边是湖,另一边应该就是小镇，天色已晚，看不清了。但这是一个袖珍的小镇，秩序井然，永远都听不到刺耳的刹车声，也听不到高音鸣喇叭，更没有人提高嗓门大张旗鼓地告别，只有傍晚人们有序回家的声音，动静不大，在树丛的另一边，看不见，只有微弱的声音透过来，传到伊迪丝的耳朵里。她走在碎石路上的脚步声，还要响亮得多。真是很响亮，似乎扰人心境，过了一会儿，她走在了小路靠近湖边的软泥地上。她就这样走呀走呀，偶尔经过一盏路灯，仿佛只有她一人立在这沉寂的旷野中。水面袭来一股寒意，看不到，但感受得到，她身上只有一件长羊毛衫，冷得她阵阵发抖。她心想，命中注定就要这样走一走。虽然不悦，但她也默然接受，继续走下去，一直走到觉得可以了，才停下脚步，转身，原路折返。

从暮色中走回去，她看到远处亮灯的山庄呈现出一种虚假的喜庆氛围。我必须试一试，她决定了，但也知道，如果换作另一种女人，就会世故地叹一口气，说："没办法，我必须露个面。"

她走进明亮的前厅，四周静悄悄的，电视间传来含含糊糊的说话声，空气中有一股肉食的气味。她上楼换衣服。

此刻,胡贝尔老先生坐在前台,享受一天中最喜爱的时刻。他虽然已退居幕后,但依然精力充沛、亲切友善,只是有些好管闲事。他打开登记簿,看有谁离开,又有谁入住。下个月就要冬季歇业,每年这个时候,生意当然冷清,山庄肯定有一半的房间都是空置的。他注意到那家德国人已经走了。他们出发的动静直达五楼,他在自己的起居室都听到了。来自海峡群岛[1]的那对老夫妇很有意思,下午茶后,已经离开。可能会有个散客,他到日内瓦参加会议,决定逗留一些日子,也许会到山庄过了周末再走。其余的是常客:博纳伊伯爵夫人;蒲赛夫人和她的女儿;那个养狗的女人,名字不提,但她丈夫是英国哥达家族的人,明确叮嘱过胡贝尔先生的女婿。有个新客人:伊迪丝·乔安娜·霍普。有身份的英国女士一般不会有这样的名字。也许她有别国的血统。也许她不是特别有身份。当然有人推荐,但做酒店这一行,没有人能完全了解每一位客户的底细。

---

1 位于英吉利海峡,靠近法国诺曼底,现为英国皇家属地。

第二章

因为到了紧要关头，她们喜欢的是古老的爱情神话。她们宁愿相信：在她们觉得万事已休的时候，紧闭房门，呈现出最美的样子，就会有男人不远万里，克服万难，放弃一切，来征服她们的芳心。啊！如果真是这样就好了。

伊迪丝穿上宽松的利伯缇[1]丝绸裙,她的脚又长又窄,塞进一双素净的小羊皮轻便鞋。这是第一次亮相到餐厅用餐,她磨磨蹭蹭,不到最后时刻不肯下楼,甚至拿出《月亮来访之下》的手稿写了几段,写好后一读,发现用了《石头和星星》里的老手法,又把这几段划掉。划掉这几段的时候,她想到了下次动笔该怎么写。明天要做的事情有了些眉目,她稍感心安,合上文件夹,拿上手提包和钥匙,毅然走出房间。

同样是那个位置,距离过道尽头不太远的地方,她再次听到收音机的声音,这一次还夹杂了放洗澡水的声音。她朝楼梯走去的时候,空气中似乎突然飘过一股玫瑰的香味,应该是一个自我感觉得体的女人在做出门前

---

1 英国顶级面料品牌。

的准备。伊迪丝心想,那个养狗的女人,她会很晚才步入餐厅,腹部平坦,神情高傲,胳膊下夹着她的狗,惊艳四座。我必须试一试,跟她说说话。晚餐后,也没别的事情可干。想到这里,她感到了痛苦。

楼下空无一人,她意识到自己来得太早。只有酒吧里有声音,是男人压低嗓子在说话,一直交谈,没有欢声与笑语。她想喝上一杯金汤力鸡尾酒,但又迈不出那一步。她坐到沙龙的一张小桌子边,拿起一份别人留下的《洛桑公报》,报纸皱巴巴的。她想,还真是奇怪,它居然没有被清理掉,这里的卫生似乎做得很仔细。但就在这时,那位脸长得像斗牛犬的夫人出现在门口,身穿任何场合都通用的黑色裙子,蓝色面纱换成了黑色面纱,上面摇摇欲坠地挂着几个小金属亮片。如有必要与她说话,称呼一定要得体,伊迪丝心想。夫人举起拐杖,说了一句:"呀!"伊迪丝面带询问地微笑着,举起手中的《洛桑公报》,博纳伊伯爵夫人头一点,摇摇晃晃地穿行在空空的桌椅之间。伊迪丝起身迎上去,但博纳伊夫人速度惊人,伊迪丝才走过两张桌子,夫人就拦在了她面前。博纳伊夫人再次举起拐杖,说:"谢谢。""不客气。"伊迪丝说道,坐回自己的座位。这是她到山庄后说的第一句话。

她靠在椅背上，暂时闭上眼睛，对今晚的恐惧在心底浮了上来。不管怎样，在公共场合就餐都不合她的脾胃，即便是有人相陪也是如此。她想起离开英国前的最后一餐。她的经纪人哈罗德·韦博带她出去用午餐，显然是想振奋她的精神，表示依然信任她，甚至还告诉她，要给她的下一本书搞到更高的预付款。"那件事总会平息下来的。"他说道，笨拙地点燃了一支雪茄。他温文尔雅，看上去就像是乡村医生，并不喜欢自己职业中你来我往的部分，但还是在大教堂一样的餐厅里预定了位置。这里的食客战战兢兢地等待着一道道人间美味呈现在他们面前。他勇敢地拿起刀叉，对付盘子里卷成圈的鱼肉片，那似乎是菜单上最简单的一道菜。伊迪丝闷闷不乐地盯着远处，后悔选了毕雷矿泉水[1]，喝了这东西，她总是胀气。席间的交谈并不顺畅。

"你新书的整体想法，我挺喜欢的，"很长的停顿后，哈罗德说道，"但我还是得告诉你，浪漫小说的市场变了。现在年轻的职业女性——《时尚》杂志的读

---

[1] 法国南部产的冒泡矿泉水。

者，拿公文包的女孩——要看性。"

伊迪丝没有反应。哈罗德摆弄起小吃盘上叠成小扇形的回纹胡萝卜片，然后又发起了攻势。

"她出差去布鲁塞尔，带的是什么？"

"去的是格拉斯哥[1]。"伊迪丝更正道。

"什么？哦，嗯，这样啊。但不管是哪儿，她都想要告诉自己，解脱是快乐的。孤身一人在酒店过上一晚，她得有点什么来取悦自我，可以反映出她的生活方式。"

"哈罗德，"伊迪丝说道，"我就不认识那些有生活方式的人。生活方式，是什么意思呢？给人的感觉是，你拥有的一切都是同一时间购买的，最多不过五年前。而且，如果她真是完全解脱了，为什么不到酒吧去找个人呢？完全有这种可能性，对此我非常确定。只不过大多数女人都不这样。为什么她们不这样呢？"她如此问道，突然又觉得非常确信，"因为到了紧要关头，她们喜欢的是古老的爱情神话。她们宁愿相信：在她们觉得万事已休的时候，紧闭房门，呈现出最美的样子，

1　英国城市。

就会有男人不远万里，克服万难，放弃一切，来征服她们的芳心。啊！如果真是这样就好了。"她重重地呼了一口气，用叉子挑起一片猕猴桃，埋下头，思考。看着她消瘦的脸颊和收紧的双唇，哈罗德心想，她真的是特别有布卢姆斯伯里文化人的气质。

"嗯，亲爱的，你是行家。"哈罗德不想让她更为心烦意乱，那件事情已经够她受了，"我只是想……"

"什么才是最强的神话呢？"她继续说道，语调稍稍扬起；哈罗德悄悄作了个手势，示意侍者拿账单。"龟兔赛跑。"她宣布答案，"人们喜欢这个故事，女人尤其喜欢。哈罗德，你知道吧，在我的书里，男主人公最终都归了安安静静、腼腆朴素的女孩。那种摄人魂魄的女子，目空一切，虽然与男主人公打得火热，却在竞争中败北而去，无法卷土重来。每一次，获胜者都是乌龟。当然，这是谎言。"她的态度和蔼，却不容置疑。猕猴桃从叉子滑落到盘子里，她并没有注意到。"没错，在真实的生活中，每次获胜的都是兔子。每一次都是。看看你周围。不管怎么说，我认为伊索的目标读者人群就是乌龟。按道理，"热情让她的声音高昂起来，"兔子没时间阅读。他们太忙了，忙着赢得比赛。

宣传完全是反着来的，其实只是因为乌龟需要安慰。好像温顺还能统治世界一样。"说完，她微微一笑。停顿片刻，她看了看盘子里剩下的东西，漫不经心地吃了一口，靠在椅背上，还沉浸在刚才那番理论中。

哈罗德心想，教授的女儿，果然不是浪得虚名。还是相信她吧，她很快就会恢复工作的状态。休息一段时间，她很有可能就拿出另一部作品，不会大卖，但还是能有实实在在的销量。

"当然，"伊迪丝一边说话，一边用长柄勺子舀上浴盐颜色的糖片，加入咖啡中，"你可能会说，兔子也会受到乌龟那一套说辞的影响，放慢速度，谨小慎微一些。但兔子是什么人呢？他们坚信自己出类拔萃，就没把乌龟当成真正的对手。这就是兔子为什么会赢。"她如此总结道。"我的意思是说，兔子在生活中获胜，而在虚构故事里，从来不会，至少在我的故事里不会。现实生活的事实太过残酷，为什么要写到我这类小说中？哈罗德，你知道的，我的读者本质上心地纯善。就他们而言，就我而言，那些拿着公文包、寻找各种性刺激的女孩，想到哪儿去，就到哪儿去吧。总有迎合她们的地方。每个市场里都有高声叫卖的小商小贩。"

"我明白了,你是要走老路子。"哈罗德一边说话,一边数出了一摞钞票。

"哈罗德,谢谢你请我吃午餐。"走到外面,站在繁忙的街边,伊迪丝说道。眼看着就要离开,她更加真切地感到了哈罗德亲切谦逊的关心。一旦离开,哈罗德就是她保持联系的唯一可靠人选。可以这么说,哈罗德是唯一知道她要去哪儿的人。至于她为什么要离开,天呀,哈罗德并不是唯一知情的人。她恳切地望着哈罗德的眼睛,这样的一顿午餐,哈罗德掏了不少钱,但用不到一个小时,他就会饥肠辘辘。她自己呢?没有胃口,完全没有胃口。这些日子里,吃什么都无所谓,反正都觉得自己这个人无所谓了。但是,她给大卫做过那么多好吃的东西,又煎又炸,又烤又烘。每次的时间都不尴不尬,总是半夜三更,他们缠绵之后起床,而这时大卫似乎总是很有胃口。有时到了最后一分钟,他才放下吃的,开车飞速驶过静悄悄的街道,回霍兰公园。"在家里,我是吃不到这些东西的。"他叉起一根薯条,蘸满煎蛋的蛋黄,充满爱意地说道。伊迪丝穿着睡衣,望着他,递上平底锅里的茄汁烤豆,急切而殷勤。伊迪丝精确地判断他的胃口,拿起另一道菜,舀了一大块颤悠悠的牛奶蛋羹，放到他的盘子里。"美味佳肴，神仙日子。"他满足地叹一口气，这样的饮食很是催肥，可他白皙精瘦的身体对此毫无反应。"太棒了。"他吃饱喝足，往后一靠，如此表态。"喝点儿茶？"但在他喝茶的工夫，伊迪丝就会注意到他加快节奏，挺直腰杆，动作变快、变果断。等到他双手拂过红色的短发，伊迪丝就知道，他很快就会穿上衣服走人。接着，伊迪丝就会觉得，自己对他的了解变少了。扣袖扣、戴手表，这一类的事情属于他另外的生活；每天早上，他整理袖扣、戴手表的时候，他的妻子在催促要迟到的孩子们。到了最后，伊迪丝觉得自己几乎不了解这个男人，但她还是站在窗帘后面，看着这个男人脚步匆匆，跑向他的车，呼啸而去，消失在黑夜中。伊迪丝总是觉得他一去不复返。但他总是回来。或早或晚，他总是会回来的。

伊迪丝恍惚觉得，白天的时间就是为了等他。但又有五本小说为证，这些小说篇幅都不算短，说明伊迪丝并非像夏洛特夫人那样整天无所事事，凝望窗外。虽然如此勤勉，但她认为这还是乌龟的存在。这就是为什么她为乌龟写作，给像她一样的人写作。

她睁开眼睛，胆怯地望了望周围，沙龙里依然没人。她心想，我现在沦为了纯粹的乌龟。但就在这时，一位侍者胳膊上搭着一张餐巾，出现在门口，看到这一幕，她突然有了决心，只要熬过这一顿晚餐，就能一个人待在房间里，好好想一想。她站起来，感觉一阵头晕，忍着哈欠，喉咙隐隐作痛，她心想，药片的作用肯定过去了。就像父亲说的，这是展现个性的时候。她督促自己走进餐厅，准备就餐，吃点儿东西对自己有好处；同时也要尽可能地保持心情平静。

餐厅其实很是令人赏心悦目：长长的窗户面向花园，花园里现在漆黑一片；洁白的桌布上面摆着一束束很朴素的花。餐厅也没多少人，角落的桌子边坐着四位身穿灰色外套的男士，他们专心交谈，语调沉闷，与之前酒吧传出来的声音没什么两样。博纳伊伯爵夫人面无表情，嘴里嚼个不停。她大口喝葡萄酒的样子很奇特，像是在漱口。上菜的空隙，她双手放在桌子上，等着再次开动。伊迪丝这才看到，夫人淡褐色的手指上箍着几枚小戒指，其中一枚上面有雕刻的纹章，但已经磨损得看不清了。养狗的女人并没有按伊迪丝给她写好的剧本出场，一件松松垮垮的绉纱衬衣挂在窄窄的肩膀上，露出长脖子，她弓腰驼背，头发凌乱地坐在相邻的桌子边，看起来令人失望。一个小伙子身着白色外套，不动声色，像男仆一样站在她椅子后面。琦琦就在她身边，抽动着鼻子，发出呼呼呼的声音，不时地被女主人抱起来，贴在脸上。伊迪丝注意到，这张脸上有些微妙的痕迹，流露出了终极的崩溃。女人把琦琦抱在膝盖上，叉子晃来晃去，不是用来吃东西，而是摆出吃东西的样子。伊迪丝看到很多东西都从叉子上掉下来，但并没有落到桌布上，琦琦就像是训练有素的海豹，跳起来一口接住。伊迪丝感觉琦琦是无价之宝，不容小觑。那个小伙子面无表情地立在女人身后，似乎毫无用武之地。后来，领班一点头，小伙子身体往前一探，拿起半瓶的弗拉斯卡蒂[1]干白葡萄酒，步伐坚定，朝餐厅另一个角落走去。数秒后，他迈着同样坚定的脚步，端着一大碗冰激凌回来，放到女人面前后，重新站到椅子后面。养狗女人朝着伊迪丝的方向翻了翻她那双古希腊风格的眼睛，意味深长地做了个精妙的鬼脸，转而再次盯着餐盘。伊迪丝心想，这真是个演员，就像那些高挑的卡巴莱舞者，获得成功后，退出了舞台。但她为什么来这

---

1 位于意大利。

里呢？

食物送到嘴里，热腾腾的，很可口，伊迪丝还惊讶地发现，自己吃得很受用，吃着吃着，眼看着缓过劲儿来了。有了点精神后，她环视四周，但还是没多少可看的。穿灰色外套的几个男人依然在专心交谈。有两对年轻人，显然是从镇上出来用晚餐的，坐在窗户边，正对着夜色中什么也看不见的花园。另有一位上了年纪的胖男人，正是胡贝尔先生本人，他一边用晚餐，一边留意着，兼顾了他最爱的两项活动。尽管几乎是事事如意，但胡贝尔先生还不肯懈怠，把侍者一个个召唤到桌边，目光炯炯，对他们加以训导，再打发他们快步离开。伊迪丝心想，已经看得出来，旺季过了。养狗的女人站起身来，一个趔趄，餐巾掉在地板上。她俯身抱起琦琦，那个身穿白外套的小伙子往前一步，她转过头来瞪了对方一眼，深吸一口气，准备镇定地离场。博纳伊夫人双手放在餐桌上，响亮地打了个嗝儿。一时间，胡贝尔先生闭上了眼睛。伊迪丝饶有兴致，想看这位先生接下来的反应。但等他再次睁开眼睛，脸上皱纹堆起，绽放出天使般的快乐笑容。伊迪丝顺着他的目光望去，发现了原因。另一边，餐厅的入口处，正是那位要求给女儿上茶点的迷人女士，身着深蓝色花边裙，佩戴着闪闪发亮的钻石小耳饰；她稍微驻足，在确定受到关注和欢迎后，款款走向自己的餐桌。她的女儿身着无袖黑裙，跟在母亲身后，面带微笑，左顾右盼，仿佛在接受花束一般。

伊迪丝又给自己倒了一杯水，心想，我必须得看这个。她已经感受到了自己对这两人说不清道不明的强烈情绪：好奇、嫉妒、愉悦、着迷和害怕。面对强势的个性，她总是感到害怕。这两人无疑是强势的，毫无疑问地强势，但她们出现在此地，让人有些不解。她们似乎理应享受更好的东西。从侍者的态度就可见一斑，他们出现在这对母女左右，拉出椅子，让她们坐下，手一扬，递上菜单，有说有笑。她们一来，养狗的女人黯然失色，表情复杂地回望了一眼。伊迪丝注意到，养狗的女人走出去的时候，与这对母女相向而行，可她们显然是视而不见。伊迪丝内心深处感到一丝恐惧。这对母女是名副其实的活力四射，光彩照人。她们不仅看起来赏心悦目，胃口也是令人赞叹。两人忙着交谈，手里的刀叉也不停，开开心心地用了四道菜；与此同时，她们还定下了第二天的安排。伊迪丝听到了一两句。"你订下的车,什么时候到?""妈妈,提醒我把鞋子带回来。"接着,就像很多贪婪的女人一样,她们挑剔地往椅背上一靠,仿佛根本没注意过食物。伊迪丝心想,她们真可谓天真无邪。

然而,她身不由己地跟了上去,如影随形,走走停停,嗅着她们身后留下的玫瑰气息(现在她才意识到,过道里的玫瑰香味是这对母女留下的)。她们来到沙龙,坐了下来。伊迪丝坐在附近,仿佛是要从她们泰然自若的存在中获取一点勇气、一点信心。等待咖啡的工夫,她们掏出各自的粉盒,严肃地审视自己的面容,补了补妆,重涂了唇彩。淡金色头发的女士抬起头,微笑地看着已经归位的老琴师,他带来了更多不知源于何处的钢琴曲选段。琴声响起,优雅而严谨,这位淡金色头发的女士宠爱地感叹道:"啊,诺埃尔,这小伙子真是个天才。"

这小伙子?伊迪丝意识到必须再次更改这对母女的年龄了,但她还没来得及改,就看到女儿站起来,双手拂过宽宽的臀部,抚平黑色裙子,朝她的方向走过来。她金发碧眼,脸挺大的,白皙的皮肤,红润的双颊,低下头,询问地望着伊迪丝,接着说道:"我妈妈说,不知道你是否愿意过去跟我们一起喝咖啡？"

这当然是解脱，她正不知道如何打发晚上的时间。她愉快地站起来，跟着女儿走了过去，微微点头向母亲问候，说道："承蒙邀请。我是伊迪丝·霍普，今天刚到。我……"

"我是蒲赛太太，"这位女士说道，"艾里斯·蒲赛。"

"你好。你们在这里……"

"这是我的女儿，珍妮弗。"

她们坐了下来，面带微笑，期待地望着彼此。咖啡端了上来。蒲赛太太身体前倾，端起杯子。"我对珍妮弗说，去请那位女士和我们一起喝咖啡。看到有人孤孤单单的，我就不忍心。晚上尤其如此。"她舒舒服服地往椅背上一靠。伊迪丝再次露出微笑。

"我说，她的眼睛那么忧伤。"

第三章

这一切重启了伊迪丝心中的疑问——什么才是女人最得体的行为。她的大多数小说都围绕这个问题展开,她也与哈罗德·韦博争论过这个问题,而她自己也没能找到问题的答案,现在她认为这个问题是重中之重。

第二天清晨，平静如水。

伊迪丝醒来，周围是淡粉色的幽暗光线。她躺在陌生的床上，谨慎地撑起身体，瞥了一眼手表。她觉得时间还早，记得之前醒过来一次，听到过道远处一扇门轻轻关上的声音，这一看表，她大吃一惊，已经快要八点钟了。一股光线从小牛肉颜色窗帘的缝隙照了进来，似乎预示着好天气。她打电话叫了早餐，接着站起来，拉开窗帘，走到小小的阳台上。她穿着白色的长睡衣，在寒冷的空气中瑟瑟发抖。湖面上的雾气在慢慢散去，往前看，可以看到很远的地方深灰色的轮廓，凝望之下，那个轮廓变得越来越清晰，越来越大，那是山。下方，一艘小船开进了浮动码头。山庄的厨子出现在视线中，他身穿防水裤子和白外套，来拿今天新鲜的鲈鱼。

那个面无表情、站在养狗女人身后的小伙子，给伊迪丝送来了早餐，他把举到肩膀高度的餐盘放在了小桌子上。

"谢谢。"她说道。这么久没有说话，自己的声音听起来依然那么陌生。"天气很冷？"

"今天山上下雪了。"他严肃地回答道。

虽然年龄还小，但他对待工作极为严肃。也许十八岁吧，他的头发短得要命，表情和专业程度不亚于年长很多的仆人。他就像是绅士手下的绅士，知道很多秘密，是绝对的正人君子，王侯将相的忠实仆人。

"你叫什么名字？"伊迪丝温柔地问道。

他站在门口，转过身来，面带微笑，露出一颗有缺口的门牙，还露出了信任的目光。他就是那种严于律己，但也乐于结交朋友的男孩。

"阿兰，"他回答道，"我叫阿兰。"

伊迪丝喝着咖啡，想着昨天晚上。嗯，算是有所收获，周围的人有了名字。这里每天的日常开始有了实质的内容。如此一想，她便觉恐惧袭来，仿佛过于了解这个地方会让她在这里的存在变得现实，变得合理；但想到昨晚认识了艾里斯和珍妮弗·蒲赛，知道了很多特别而有趣的事情，恐惧又很快得到了缓解。说是与母女俩认识，其实只是认识了艾里斯·蒲赛，珍妮弗就像是她母亲的倒影，占据了很大的空间，也引人注目，但并没有多少话要说。说真的，有那么一两次，伊迪丝看着她面带微笑的大脸，感觉她人在别处。

但不管怎样，艾里斯掌控了舞台，显然她才是耀眼的明星。既然是耀眼的明星，那就要占主导地位，艾里斯就是这样。她不想听，伊迪丝就不用介绍自己。伊迪丝一开始是蒲赛太太同情的对象，不一会儿，就成了蒲赛太太的知心女友。要说的事情可不少，伊迪丝思忖道。有些人真是忙得不可开交呢。艾里斯每年都到杜兰葛山庄小住一段时间，只有一个目的：购物。这都是因为她已故的丈夫深谋远虑，用她的名字在瑞士银行给她开了户头，存下了数笔钱。

坐在蒲赛太太身边才半个小时，伊迪丝就知道了这么些事。游戏规则是什么，双方心领神会，继而默许，也就只要半个小时。蒲赛太太富有同情心，看到了伊迪丝的恐惧，伸出援手，解救了她。作为回报，伊迪丝要在闲暇时提供陪伴，而且不能三心二意，对方对此明察秋毫——她需要聆听蒲赛太太高谈阔论，缅怀往事，评头论足，或是发表关于生活琐事的日常观点。伊迪丝欣然默许，并非因为她身处困境，虽然她认为局面不可挽回，但也不是万事皆休；她这样做是因为蒲赛太太给她提供了观察、欣赏和接触迥异之人的机会。蒲赛太太是很有魅力的女人，她痴迷于俘获人心，做得大大方方；她沉醉于自己的女性魅力，人生的主要乐趣就来源于此。此外伊迪丝还觉察到了贪婪、粗鲁和情欲。看着蒲赛太太和珍妮弗用晚餐，觉察到她们事事都想得到最好的，事事都想胜人一筹，伊迪丝微微感到了一阵眩晕。她也觉察到了一种不一样的胃口，这种胃口似乎还暗中威胁到了她的胃口。但她觉得这样想未免荒唐，就不再去想（也是因为思考太痛苦，所以不再去想），于是她就坐在那里，喝着咖啡，与珍妮弗和蒲赛太太为伴。她们和蔼可亲，高光的自尊如同仲夏之光，和煦地照耀着周围的人，伊迪丝也沐浴在这阳光里。伊迪丝处在人生奇怪的关头，蒲赛太太的存在是一种安慰，她如此温柔，如此贪婪，如此平静，事事都得到了极致的满足，害得别人对坐拥一切也有了非分之想。伊迪丝认为，蒲赛太太就是当代女人不能屈尊赞同的化身，因为她就是货真价实的狐狸精，不仅如此，她也欣赏其他女人身上的狐狸精特质（同样，她也表现出了不屑。）她在想象力和慷慨方面有意想不到之处。比如说，不如她的女人可能会视其女儿为对手，但她在女儿身上看到的是后继有人，对女儿加以培养，这样女儿就能货真价实地耀眼瞩目。母女二人长得的确非常像，伊迪丝还没见过如此相似的母女。她们也爱着彼此，但伊迪丝留心到了其中超现实的成分。珍妮弗长得很结实，近乎丰腴，但她母亲仍然认为她是个小女孩。也许是习惯使然，也许是出于爱意，珍妮弗继续表现得像个小女孩。

这一切重启了伊迪丝心中的疑问——什么才是女人最得体的行为。她的大多数小说都围绕这个问题展开，她也与哈罗德·韦博争论过这个问题，而她自己也没能找到问题的答案，现在她认为这个问题是重中之重。如今，她有了面对面的机会研究这个问题，到目前为止，蒲赛太太说的全是无关紧要的琐事，可这一事实只是让她更为兴奋。显然还有更深的领域可以探究，值得她持续关注。

蒲赛太太自然而然地提到了她那不幸撒手人寰的丈夫，开启了长篇大论，虽然阴阳相隔，但丈夫依然是她人生的启迪，永远活在她的心中。

"非常好，非常好的男人。"她说完这句话，举起右手，用拇指和食指夹了夹鼻梁。

"哦，妈妈，不要！"珍妮弗一只手轻轻拍着母亲的前臂，请求道。

蒲赛太太颤抖着，轻轻一笑。"她不愿看到我激动。"她对伊迪丝说道。"亲爱的宝贝，别担心，我不会犯傻的。"她掏出一块白色的上等细麻布手帕，轻轻碰了碰嘴角。

"哦，你完全想不到我有多想念他，"她对伊迪丝吐露心声，"他给了我一切，让我别无所求。我刚结婚那会儿，就像是生活在梦里。他对我说：'艾里斯，只要你高兴，就买。我给你一张空白支票。不要只是给房子添东西。给你自己添东西呀。'但是，我可爱的房子当然是第一位的。我真的好喜欢那栋房子。"说到这里，她的拇指和食指再次放到了鼻梁上。

"你们住在哪儿？"伊迪丝问道。她知道，这样问也许唐突，但并不刺耳。

"哦，亲爱的，我说的是我们的第一个家，在黑斯尔米尔。可惜没有带上照片。建筑师设计的房子。我梦想中的房子。我不能说得太多，否则珍妮弗会心烦的。是不是，宝贝？我们离开碧瓦屋的时候，她心都碎了。"

伊迪丝心想，这完全想象得出来。镶木地板；定做的柜子；观景窗；厨房里各种东西，应有尽有。园丁一个星期打理两次花园。园丁的妻子任劳任怨，穿着白色的罩衫，每天都在。楼下有盥洗室，供男士们在高尔夫运动后使用。还有露台。

"但后来我丈夫到总部去工作。我知道他来往会很奔波，就下了决心。我对自己说，我傻里傻气的，喜欢乡村的安静生活，他想要让妻子高兴，但我可不能累坏了他。而且，我知道他想要我为他出入厅堂，迎来送往。他没说，但我知道。于是，我们搬到了圣约翰林大街的蒙特罗斯大楼。当然，公寓很美，我的管家很不错。公寓也很宽敞，珍妮弗有自己的套间。她可以邀请她所有的朋友来玩，我完全听任她做主。商店也很不错。"

她再次用手绢轻拍嘴角。"当然，我买的东西都是送货到家。"她补充了一句。

充分展示了优渥的家境后，她继续描述在国外生活的梗概。蒲赛太太和珍妮弗显然是天造地设的一对旅伴儿。在她们眼里，国外就是奢侈品的大仓库。她们熟谙的这种度假方式，最近已经不再流行。她们现身此地，一是因为银行账户，二是因为"想当年"，蒲赛夫妇从蒙特勒[1]驱车旅行的时候，就认识了胡贝尔先生。伊迪丝也听明白了，蒲赛太太和珍妮弗到国外休养，或是卡代纳比亚[2]，或是卢塞恩[3]，或是阿尔马菲[4]，或是多维尔[5]，或是芒通[6]，或是博尔迪盖拉[7]，或是埃什托里尔[8]，但蒲赛先生经常留在家里，该干什么干什么。一次，只有一次，他们去了帕尔马[9]，但显然是犯下了错误。"我永远都受不了那里的热。那之后，我丈夫说，他再也不会冒险去地中海地区，绝对不会在旺季去。当然，那都是跟团旅游之前的事情。那地方挺漂亮的，但热得吓人。我都躲在大教堂里乘凉。再也不去了。"

再也不去了，蒲赛太太继续说话，她喜欢凉爽一些的天气。她们很讨厌人多。胡贝尔先生让她们感觉宾至

---

[1] 瑞士地名。
[2] 位于意大利的伦巴第地区。
[3] 瑞士地名。
[4] 意大利西海岸港口。
[5] 法国北部海滨城市。
[6] 法国东南部城市。
[7] 意大利城市。
[8] 葡萄牙地名。
[9] 西班牙巴利阿里群岛的首府。

如归。当然，她们每次都是入住同一间套房。三楼的那间，可以眺望湖面。

"那我们应该住在同一个过道上，"伊迪丝冒了一句话，"我住307房间。"

"啊，是的，"蒲赛太太说道，"尽头的那个小房间。当然，这样的地方，单间很少的。"她若有所思地看着伊迪丝。"若是我们一同上楼，你倒是可以来看看我们的房间。"接着，她费力地挪到椅子边，想要起身，努力两次后，在珍妮弗的搀扶下站了起来。她推开女儿的胳膊，稳了稳纤细的脚踝，站住了。伊迪丝心想，这个女人应该是快七十了。

但是，她走在这个优雅的深蓝色背影后，闻着玫瑰花的香味，又觉得蒲赛太太不像是七十岁。她们走进电梯，又走出来，走在过道上。珍妮弗得到允许，走到前面去开门，蒲赛太太则自行待客。她们的确住套间。两个卧室在过道上有各自的门，但蒲赛太太暗示说，她们无一例外总是待在连接两个卧室的小客厅里，这里很惬意，有彩色电视、一篮子水果、鲜花、几款香槟酒，身在异地，也要让自己过得从容。蒲赛太太领着伊迪丝走进她的卧室，面带微笑，指了指搭在椅背上的绸缎晨衣——牡蛎色，上面有一层厚厚的花边。"我的毛病，"她承认道，"我很喜欢好东西。蒙特勒有一家店，非常不错，所以我们每年都来这儿。"

她再次打量伊迪丝，露出微笑。"亲爱的，你趁着在这儿，应该给自己买些漂亮东西。女人就应该有漂亮东西，这是分内的。我总是对珍妮弗说，女人觉得美，样子就美。她的东西样样都是女王的品质。我的宝贝，是不是？"

她朝珍妮弗张开双臂，珍妮弗走进她的怀抱，脸蛋儿贴在母亲脸上。"啊，"蒲赛太太笑着说道，"她爱我这个傻母亲。宝贝儿，是不是？"她们相亲相爱地拥抱在一起，即使走到门口送伊迪丝，依然难舍难分。"亲爱的，不要一个人待着，"蒲赛太太说道，"来找我们吧。"门关上了。

晚上，伊迪丝发现自己屡次想起这段谈话，她睡眠本就浅，再加上这里床垫较硬，她醒得更为频繁。蒲赛母女的套间里随意摆放着各种舒心怡人的物件，伊迪丝想到了阿拉丁神灯所在的山洞。但她想得最多的还是那对母女难舍难分的美妙画面，她们胳膊缠绕在一起，玫瑰色的脸庞对着伊迪丝。她们看着伊迪丝，非常清楚她的孤独,呈现在表情上,变成了天真无邪的惊讶和怜悯。伊迪丝几乎有了抱歉的感觉,僵硬地点点头(其中有联想,也有回忆),道了晚安,满腹思绪地走回自己的房间。她下了决心,要学,要做得更好,不想再次经历这种特别复杂的感受。

第二天上午,伊迪丝穿上花呢裙和长羊毛开衫,反省自己也许在展示形象方面太随意了一点。这个世界对她的形象并没太大兴趣(派对上,别人问她:"你在写什么?"),也许就是她的错。消费主义盛行,对别人是公开的选择,对她显然也是如此,可她却没能领悟其真谛,但现在还可以补救。她走进过道,对自己说,女人觉得美,样子就美。她穿过前厅,通过旋转门,深吸一口气,平静了一下,然后走进了外面的世界,她再次提醒自己——觉得美,样子就美。当然,我买的东西都是送货到家,她补充了一句。

但不到十分钟,她就清楚地意识到,即便是这样一个过了旺季的小小度假地,她感受到的国外,也是与艾里斯·蒲赛,甚至是珍妮弗不一样的。她们看到的是奢侈品,她看到的只是羁留之所。"拉蒂格膳食公寓"后面是"含羞草诊所"(普里瓦医生)。栅栏围起来的小花园，里面有两个人坐在折叠桌边，正在下棋，旁边有六个观棋不语的看客。她觉得失望，但依然保持平静，继续走，来到了一个大咖啡屋前，其窗户玻璃的下半部分全是水汽。她走进去，坐下来，从包里掏出笔记本给自己壮胆。但让她更加安心的是眼前的场景。几个结实的女人聚在一起，嗡嗡嗡地聊天；脸色绯红的女服务员端起一盘盘的点心，从柜台走向一张张的桌子；人们在喝咖啡，喝完又续杯。远一点的地方，传来了细细的哀鸣声，听起来很熟悉；她抬头一看，只见那个高个子女人掰下一块马卡龙，塞进琦琦的嘴里。高个子女人也看到了伊迪丝，举起手里的小银叉子，没有作声，表示问候。伊迪丝点头微笑。这女人究竟在这里干什么呢？蒲赛太太肯定是知道的。伊迪丝心想，我自己又在这里做什么呢？但她立刻压下了这个念头，买单走人。

她接着往下走，也没有看到任何奢侈享乐生活的证据。一个街角小店，显然是售卖杂货的，门口的人行道上摆放着三个毫无装饰的篮子，里面是四季豆。她在车站外买了一份三天前的《泰晤士报》。回到山庄，她正赶上看到有人打开一辆老式豪华轿车的后车门，蒲赛太太和珍妮弗派头十足地坐到了里面。毫无疑问，她们当然是去蒙特勒,给珍妮弗买东西,样样都是女王的品质。伊迪丝转过身,慢慢走进山庄,坐电梯上去,过道里迎面扑来一股才弥漫开的香味。她走进房间,满腹思绪地坐在了小桌子边。

她写道:

我最亲爱的大卫:

　　这里真的是一派繁忙景象,让人应接不暇。我这样不谙世事的人,身处这样时髦老练的场所,本来只能在惶恐中缩手缩脚,幸而有一位受人尊敬的年长女性伸出援手,她就是艾里斯·蒲赛太太,家住蒙特罗斯大楼,之前是在黑斯尔米尔。她的女儿珍妮弗显然命中自带更高级的东西,但她也许认为我还能给珍妮弗做个伴儿吧。然而,珍妮弗并不急于离开她的母亲,或者她母亲是这样告诉我的,我们就一派祥和地认为,白马王子该来的时候自然会来。就目前而言,并没有男人的影子。除了蒲赛太太的丈夫(他好像没有别的头衔或称谓,其中暗含的意思是说,没必要有其他的称谓),我们就只是三个女人。

　　她就是这里最有趣的人,但另外还有一个养狗的美丽女子，看起来也是非常有意思。据我的理解，养狗女人的丈夫是布鲁塞尔的某位要人。然而，我们两人还没有说过话。蒲赛太太倒是非常健谈，这也算是福祉了，否则我……（她划掉了这句话）。

我爱慕蒲赛太太。她是彻底地沉静，绝对地从容，笑意盈盈间暗示说，自己不过是充分利用了仁慈的上帝赋予她的东西。她显然是有很多钱，我非常好奇这些钱是从哪儿来的。她说她丈夫到了总部，因此他们悲伤地离开了黑斯尔米尔，但他究竟去了哪儿呢？他的总部是哪儿的总部呢？蒲赛太太的举止中有那么一丝意味，说句不好听的，甚至还有珍妮弗相貌中带有的东西，让我怀疑她的丈夫可能是那种人，那种称呼商店为"零售店"的人。但他显然是有决断力的人，把一部分战利品放在了瑞士银行。除此之外，他还意识到了，不能在旺季冒险去地中海。我的意思是说，不能让蒲赛太太冒险。他有没有时不时地一个人去赌桌边狂欢呢？或者他是马贝拉俱乐部的秘密成员？我倒是希望如此，可没有任何证据。

顺便说一句，虽然我一直认为蒲赛太太是一位夫人，但已经作出了下调：蒲赛太太绝对是女人。用她丈夫的话来说,"彻头彻尾的女人"。(但他是老派人士。)那个养狗的女人必须上调为夫人,或者应该是有头衔的夫人。她,或者应该是她不在此地的丈夫,是统治阶层的一员,但蒲赛太太对他的头衔不以为然。蒲赛太太显然不喜欢这位X夫人(我还不知道她的名字)。会是什么原因呢?应该很有趣。

但不管怎样,我们现在有了这些名字:当然有蒲赛太太和珍妮弗;给我送来早餐的小伙子是阿兰;下午茶的时候,有个女侍者金发碧眼,很漂亮,叫玛丽冯……

伊迪丝放下笔。写一写蒲赛太太和珍妮弗,当然挺好,但她仍然还记着这两个女人相亲相爱地缠绕在一起,送她走到门口,道晚安。因为那是有爱的,母亲和女儿之间的爱,有身体上的接触,还有母女一起打扮得美美的,而这些都是伊迪丝本人没有经历过的。她自己那位奇怪的母亲罗莎是个尖刻的失望女人,曾经是个美人儿,疯狂地对抗自己的命运,却屡屡失败,于是恣意妄为地放纵自己,变得懒散邋遢,鄙夷一切,嘲弄自己苍白而安静的女儿;女儿一趟又一趟地谦恭地走进母亲熏香的卧室,端来一杯又一杯的咖啡,母亲则是有意地泼洒出来,大声叫着:"太淡了!太淡了!你们所有人,都淡而无味!"她哀叹在维也纳的岁月,那时她年轻,光彩照人,不像现在这样肥胖邋遢。她为死去的妹妹安娜哭泣。

想起蒲赛太太的魅力四射,伊迪丝遭遇的是痛苦的回忆。她的母亲罗莎,她的姨妈安娜,这对迷人的沙夫纳姐妹花,老了,就残败了。当年,很多学生租住在她们母亲阴沉的公寓里,准备论文,写的或是克利姆特[1],或是施尼茨勒[2],或是青年风格[3],或是三者都写;姐妹二人对他们呼来喝去。两姐妹趁着年轻,迅速地步入了婚姻,但很快就深感失望。离开家的学生,那么有魅力,很快就成了温和平淡的大学人士。在雷丁[4]的校园、诺丁汉的校园、俄亥俄州的校园、金斯敦[5]的校园,两个精通调情之道的维也纳女子,空有手段和策略,空有情调和心情,空有对胜利无止尽的渴望,却毫

1　Klimt,奥地利象征主义画家。
2　Arthur Schnitzler(1862—1931),奥地利剧作家、小说家。
3　the Jugendstil,19世纪末到20世纪初,大约十多年的时间,全欧洲范围内的新兴风格。
4　英格兰南部伯克郡城市。
5　牙买加的首都。

无用武之地。多年后，两姐妹再次相聚，再加上她们的表妹雷西，讲到可怕的无聊和厌倦，讲到她们孱弱无趣的丈夫，讲到她们觉得不值得一过的无意义日子，简直就是要一争高下。恼怒和郁闷在心底燃烧，每个毛孔都在往外喷火；她们坐在她们母亲昏暗的起居室里，空气中弥漫的是争执，是怨毒。她们现在体态臃肿，紧身胸衣穿在身上就像是上刑，难看的描眉，硬邦邦的大胸脯。她们回忆过去，越来越激动，愤怒就像是烈火在燃烧，她们高声粗气，咖啡从手里的杯子里泼出来。"极其可怕！极其可怕！"她们大声叫道，"啊，我告诉你，太可怕了！"

七岁的伊迪丝躲在外祖母伊迪丝的椅子后面，听到父亲用钥匙开门的声音，松一口气，哭着朝父亲跑去。她听不懂那些话，但那残忍的声音伤害了她。她父亲也只是猜测，苍白地笑了笑，建议出去走一走。他带着伊迪丝到了维也纳艺术史博物馆，想给她解释那些画作，但伊迪丝把湿湿的、红红的脸蛋儿贴在父亲手上，不肯听。他们走到一幅画前，上面画的是烈日下，男人们四仰八叉地躺在玉米地里，他满脸渴望地停了下来；没有任何征兆，伊迪丝再一次哭起来。他弯下腰，把伊迪丝的头发从额头捋到后面。好了，伊迪丝，他一边用他的手帕给女儿擦眼睛，一边说，这就是展现个性的时刻。

她可怜的小教授，五十出头，很年轻就去世了；没有了他，鄙夷他的罗莎崩溃了。日子一天天地过，每天都过得更难堪，罗莎的火气越来越大，大肆侮辱对丈夫的回忆。不久后，罗莎也死了，伊迪丝清理她的文件，发现了一张小纸片，那是一封信的褪色残片，上面是伊迪丝父亲仔仔细细的学生气德语笔迹，是邀请函，邀请的目的也不可知，只是开头一句话暗示了早期的幸福时光。纸上是温柔的斜体字迹："可敬的女士，是否可以请你赏光……"之后的内容撕掉了，没了下文。

伊迪丝揉了揉眼睛，再次拿起了笔。

我亲爱的宝贝，你不知道我有多想你，渴望你，期待再次看到你。

这部分内容，她仔仔细细地抹掉了，放在一边。接着，她拿出存放着《月亮来访之下》手稿的文件夹，抽出稿纸，重读了最后一个段落，顺从地埋下头，开始了她充满幻想和迷雾的日常工作。

第四章

佩内洛普觉得男人是用来征服的,是战利品,但也是敌人。她认为对待男人这样的物种,值得多少时间和关注,就给多少,多一点儿都不行。她与这样的男人说话,总是用轻佻和嘲弄的语气,从没正经的时候。

"我觉得有人爱慕你。"蒲赛太太轻轻一笑,如此说道。

伊迪丝没有回答,似乎对方也没有要求她回答。蒲赛太太穿着杏仁绿的亚麻外套和裙子,佩戴着日间的珍珠首饰,已经转过身去招呼玛丽冯:再送一些热水来。

伊迪丝在房间里写了几个小时的《月亮来访之下》,头昏眼花,心力交瘁地出现在沙龙,看到没什么人,只有博纳伊夫人拿着放大镜,在阅读《洛桑公报》的小文章。这地方安静而温暖,如果是来用午餐,那她来得太晚,如果是来用茶点,那又来得太早。她走过前厅,依然有些劳累后头昏脑涨的感觉,穿过旋转门,走入了下午成熟的美景中,她不禁感叹自己差点儿就错过了。秋日如醇厚的蜂蜜,给湖面镀上一层金色;微波荡起,呢喃着亲吻湖岸;一条白色的轮船无声地朝乌契村的方向驰去；脚下的砂砾小径上，她看见一个带壳的板栗，就像是绿色的小刺猬，外壳已经裂开，露出了棕色的果实。

那家玻璃起雾的咖啡馆，现在沐浴在下午的阳光中，玻璃窗变得透亮，里面几乎没有人。伊迪丝坐在一张安静的桌边，迎着一缕阳光，闭了一下眼睛，品味着纯粹的快乐。时间消失了，感觉延伸开来，创作带来的情感亢奋依然还在。她喝着咖啡，没有胃口，往椅背上一靠，再次闭上眼睛，享受这隐形劳累之后的放松。等再次睁开眼睛，她看到了非同寻常的一幕。远远的湖边，那个养狗的女人，又高又瘦，头发凌乱地散在空中，闪闪发光。她弯着腰舒展四肢，修长的胳膊一次次挥舞，发出奇怪的叫声，一声声的"琦琦！琦琦！"透过咖啡屋的玻璃窗户，隐约传到伊迪丝耳边；小狗忘记了它神经质的脾气，跟着棍子追。看到那个女人孤独的活力，奇怪而专注的奔放动作，伊迪丝心情大变，警觉起来，起身沿原路返回了山庄，回到可悲可叹的流放状态。

正是茶点时间。伊迪丝惊讶地发现，沙龙里宾客满座，而且这些人她从未见过。侍者也比平日多，忙忙碌碌，穿梭在桌子之间，端茶送水。客人们围坐桌边，兴致很高，谈兴正浓。她经过的时候，有一两个男人抬了抬头，接着又埋头热烈讨论起来。这群人在日内瓦开完会，就要各奔东西，走之前来这里再非正式洽谈一番。伊迪丝第一次感受到山庄是人员充足的有机体，服务生休整待命，一旦有需要，就准时出现，严谨服务。现在似乎就是这样的时刻。胡贝尔先生站在前台，有点儿碍手碍脚，拦住女婿，微笑着点头，强人所难地建议修改晚餐菜单。

蒲赛太太如往常一样，姗姗来迟，面对这鲜活的场面，嗅到平日里没有的雪茄烟味，微微皱了皱鼻子，也许购物一天，而且没买到足够的东西，她有些累了。伊迪丝就像被某种磁力吸引一般，来到蒲赛太太的桌边。蒲赛太太给她解释说，她们要买一种特别的抽线刺绣衬衣，却失望而归。有个小妇人以前是做这种衬衣的，没给她们任何通知，而且她知道蒲赛太太和珍妮弗每年都来，订单量不小，可她就那么凭空消失了。而且她们还给她寄圣诞贺卡的。"但现在就这样，"蒲赛太太说道，"即便是在瑞士，老派的服务也消失了。这不再是我熟悉的世界。"她微微一笑，"不是了，一切都变了，并非是变得更好。但我绝不会降低我的标准，绝对不会。我总是追求最好的。应该是本能吧。就像我丈夫说过的，只有最好才足够好。"

"妈妈，"珍妮弗激动地大声说道，"你就是最好的。"她抓住母亲的一只手，两人四目相望，眼中闪烁的是痛失所爱后的勇敢，即便这份痛苦的起因不过是某位抽线刺绣的手艺人不够忠诚。伊迪丝仔细一想，自己也没法安慰她们。这对母女不同寻常的深情厚意再次展现在伊迪丝眼前。伊迪丝仔细观察珍妮弗，总觉得她像空荡荡的窗户，毫无表情，可她的动作总是活力四射，插话也是斩钉截铁。伊迪丝承认，珍妮弗是个珍贵的样本，顺理成章地印证了她母亲的精心栽培。她白皙的大脸蛋儿，五官凑得有点儿紧，留白有点儿多。她脸色红润健康，神采奕奕，一看就是个从未被质疑过的孩子。她通身都绽放光彩。她淡蓝色的眼睛，整齐的牙齿略微有点向内排列，无瑕的皮肤，全都散发出不一样的光泽；相比之下，她金色的头发反倒显得暗淡无光。伊迪丝看到，她体形丰满自然，衣服精挑细选，有些过于紧，身体曲线凸显无遗，有呼之欲出之感。她浑身上下都是她母亲能够购买到的昂贵感，但与蒲赛太太的精致优雅不是一个风格。珍妮弗穿着海军蓝的亚麻裤，身上的白色针织毛衣也许太紧绷了些，断然给人一种假小子的感觉。伊迪丝心里琢磨：她多大了呢？她和蒲赛太太一样，看上去非常年轻，但伊迪丝也说不清楚是怎么一回事，总感觉她们俩都是落伍的人。她们频繁地提及过去的时代，那些辉煌、幸福、成功、自信和安宁的光辉岁月，而在伊迪丝听来，不可避免地显得遥远而神秘。伊迪丝心想：与蒲赛母女的交谈到底能单边到什么程度？她们从容不迫地把过去和现在灌进听者的耳朵里，还暗中期待对方肃然起敬。她们根本不想了解别人。只要她们判断伊迪丝是一个人，就据为己用；这倒是给伊迪丝做了件好事，行了方便，伊迪丝也认为她们成熟练达。一般情况下，蒲赛太太张口就是"当然"，其中蕴含一种静如止水的自信，在某种程度上打消了伊迪丝想要提出自己见解的想法。她觉得这一切那么有趣，那么让人放松。她最不想干的事情就是谈论自己。不，她不想谈论自己。可她也暗自承认有些心绪不宁，扰她心境的是珍妮弗，对方喜气洋洋，却始终不肯与她有半点互动。她想，虽然珍妮弗要小几岁，但我们毕竟还是一个年龄段的人。她该有多大呢？三十二？三十三？也许三十四？然而，珍妮弗是属于她母亲的，仿佛母亲被扔到了冷漠俗气的世界里，而她的职责就是保护母亲不受伤害。伊迪丝觉得恐怕没人会知道珍妮弗的心思，她也观察到了，蒲赛太太说话的时候，珍妮弗嘴巴微笑的弧度都不变。

她正暗自思忖，突然听到了一个男人悦耳的声音。"东西掉了。"那人把笔记本递给了她。一定是她在想珍妮弗的事情时，不知不觉地从膝盖上滑下去的。伊迪丝吓了一跳，抬起头来，看到一个高个子的男士，身着浅灰色外套，面带微笑，低头望着她。她喃喃地道了谢，期待对方走开；她可不会请他坐下一起喝茶。但对方问道："你是作家？"听他的声音，有那么一点点消遣的意味。伊迪丝有些慌乱，心想，就像他知道一样。但在这样的地方，某人可能是作家这事，就是闲来聊聊，没人当真的。或者她希望如此。伊迪丝露出烦心的微笑，意在让对方不要再问，他抽身离开，但依然是饶有兴致的表情，跟着朋友或是同事们绕过茶点桌，去了户外。

"好像有人爱慕你。"蒲赛太太说道。女服务生端来热水后，她补充了一句："自从你走进来，他就一直盯着你看。我一眼就看出来了。"她说话的语气很是调皮，但却耷拉着眼皮，仿佛失望的一天又平添了一层失望。珍妮弗呢？伊迪丝看到，她的微笑依然如玻璃一般透明。

应该上楼换衣服了，但她们还磨蹭着没走。伊迪丝觉得受制于忠诚，要留下来陪伴左右，但她也不清楚怎么就涉及了忠诚。她们沉思不语，也没有说什么交心话。伊迪丝提醒自己，这正是我想要的，但突然就渴望和大卫说说话。一个男人也许只是闲来无聊，冷不丁地闯入她的意识中，却唤醒了她痛苦的渴望。她瞄了一眼手表，焦急地计算着时间。如果立刻冲上楼，也许可以在那个男人离开前赶上他。宅子，她想，心中顿时涌起爱意和恐惧。

"我必须回宅子了。"这是伊迪丝听到他说的第一句话，顿感神秘。他语出惊人，伊迪丝在心里反复掂量这句话，仿佛远远地看到了一座座的庭院，喷泉汩汩，仆人身着薄纱裤子，静悄悄地端来冰冻果子露；或者是在刷成白色的房子里，中东风格的会议厅在下午的热浪中紧闭百叶窗，空气中充满着一种梦幻的色彩和慵懒的气息，如同德拉克洛瓦[1]笔下的画作；或者是严肃的商

1　Delacroix（1798-1863），法国浪漫主义画派的主要画家。

人，坐在人行道下方的咖啡馆里，手里拨弄着琥珀念珠，发出滴滴答答的声音；鸦片馆，铺满瓷砖的土耳其浴室，水波荡漾，反射出的光线在墙上画出一个个明亮的光圈。一片宁静。

"你是做什么工作的？"她在幻想中睁大眼睛，凝望着不太遥远的地方，如此询问道。

"我是拍卖师。"他回答道。接着是短暂的沉默。

那是她朋友佩内洛普·米尔恩举办的一次烦人的小聚会，他们第一次见面。"下个星期天，午餐前，过来喝一杯，"电话里传来了佩内洛普不依不饶的声音，"不要让我失望。只要你愿意，就可以下午工作。我并没有碍事。"

伊迪丝心想：但你就是碍事了。你太刻薄，不肯提供食物。下午两点半或是回来头痛欲裂，我就不想吃东西了，这一天实际就泡汤了。关于在派对上提供食物，佩内洛普·米尔恩的态度很是稀奇，她觉得那是顺从，是不得体。如果想要佩内洛普赏光，那就得走老掉牙的路线：送花，看戏，在最好的餐厅亲亲热热地用晚餐。在这些方面她都是行家。佩内洛普觉得男人是用来征服的，是战利品，但也是敌人。她认为对待男人这样的物种，值得多少时间和关注，就给多少，多一点儿都不行。她与这样的男人说话，总是用轻佻和嘲弄的语气，从没正经的时候。她的风流韵事多不胜举，双方都是嘻嘻哈哈的，没有承诺的态度。身边人来人往，不停更替，她似乎以此为傲。伊迪丝明白，她精通纵欲之道。伊迪丝的生活静如止水，引得佩内洛普连声哀叹，显然她认为伊迪丝笔下的男欢女爱正是现实中所缺失的。她慷慨大方，给伊迪丝介绍五花八门的离婚或是分居男人，都是她的老相识，并且戏称他们为"落选男人"。伊迪丝恳求说，她正在写书，不是谈情说爱的时候；听到这话，佩内洛普就觉得大受伤害。伊迪丝知道，佩内洛普非常乐意亲自安排见面，她本人也会莅临现场；她还会援引亲身经历，历数与这位可亲的候选人的愉快往事，给伊迪丝灌上迷魂汤；甚至还会带着他们前往她中意的餐馆，接着就会在"落选男人"耳边低语几句，再坚定地对伊迪丝说："我明天早上给你打电话。"然而，男人在她眼里是可鄙的。参加各种会议是她主要的社交生活，提及在这些场合的艳遇，她就两眼发亮。

"那个男人有病。"如果是遇到不知道她游戏规则的男人，她就如此一言以蔽之。

她四十五岁，气度不凡，未来很多年也会如此。她和伊迪丝的共同之处不过是房子的位置和她们的家政人员。两人的房子在一个小小平台的两端。她们的窗户清洁工是同一个人，家里的清洁女工是邓普斯特太太，此人很是戏剧化，而且不可捉摸。还有一点不可忽视，那就是她们有彼此的房门钥匙。两人达成共识：如果有一方生病，另一方就负责购物和煮饭。最后这种偶发情况还没兑现过，但对她们两人来说都是一种安慰。结束一天沉默的工作后，伊迪丝浑身酸痛，带着倦意，打着哈欠，推开打字机，走出自己家，走进佩内洛普的家中，很乐意为佩内洛普下一次出征的穿衣打扮出谋划策。佩内洛普举行派对太过频繁，虽然从不提及伊迪丝的作品，但总是像对待孩子一样推出伊迪丝："你们当然知道伊迪丝·霍普。她是作家。"这就是她们的友谊。

就在那一次的星期日聚会上，佩内洛普捣鼓来了好多人，很多都是伊迪丝不认识的。既然来了，她也认了，就想着到处站一站（佩内洛普不喜欢人在派对上坐下），时间要站够。就在这时，那句话响亮地传过来，进入她的意识。循声望去，她看到一个高个子的男人，瘦削精明的样子，正吃着一把花生。从背后望过去，他焦躁不安，很不耐烦，急于离开。什么理由都可以。他那样顺口一说，佩内洛普当然是不答应，香唇一启，连声反对，于是他就说有一批货物新入库，需要马上去处理。

他决然地朝门口走去，伊迪丝满脑子还想着土耳其的浴室、阿拉伯的咖啡馆、地中海地区的午睡，有些神不宁地喃喃问道："你能给我描述一下那宅子吗？"

他的个子高出很多，目光顺着长长的鼻梁落在伊迪丝身上。"在奇尔屯街，五层楼的仓库。"

接着，伊迪丝抬起头来，望着他。他们交换了一个眼神，刻意屏蔽了所有意义。伊迪丝垂下眼帘，他离开了，没有再说一个字。

后来，她趁着帮佩内洛普洗杯子，问道："那个高个子的男人，干什么的？"

"大卫·西蒙兹？现在，他掌管他们家族的企业——西蒙兹拍卖行。很多乡村大房子的拍卖都在他们家。是个宝贝，对不？他一直对我很有点意思，但最近他变得很难控制。顺便说一句，他打听过你。"

"你怎么认识他的？"伊迪丝问道。

"我和他妻子是同学，"佩内洛普说道，"普里西拉。你知道的。就在我家，你见过不下十次。伊迪丝，你认识她的。她高高的个子，金发碧眼，非常漂亮。她今天来不了。"

伊迪丝的确记得她：高高的个子，金发碧眼，非常漂亮；自以为是，漫不经心，相当粗野傲慢；自信的大嗓门。一次，伊迪丝在彼得·琼斯百货商场的瓷器区遇见她，注意到她一路在前面蹦跶，后面跟着一位店员，就像是大学高年级的校花在公共休息室的样子。

佩内洛普摘下印有健力士啤酒广告的塑料围裙，扯下橡胶手套。"好了，伊迪丝，恐怕我得赶你走人。理查德说他要回来，带我去街角用午餐。"

伊迪丝站在自家窗口前，看着理查德出现在视线中。他沿着马路奔跑而下，行动敏捷，值得赞扬。他真是精力充沛，神气活现，她想。小方格外套裁剪得很好，但理查德背部很宽，穿上显得稍微有点紧。他手上露出青筋，正在挥动。她想象大卫的样子，不由自主地露出微笑。她坐下，等他。

伊迪丝知道的，两三个小时后，他来了。他们什么都没有说，只是目不转睛地望着彼此，长久地望着。到了床上，他们彼此相拥，立刻同时进入了温暖的睡梦中；等他们醒来，几乎是同时醒来，他们就开怀大笑。那之后，伊迪丝仿佛对他了如指掌；唯一出乎意料的是他胃口很好，总是想吃东西。伊迪丝就留心在家里备了很多吃的。

他们都通情达理，不会伤害到任何人。伊迪丝什么都没说，很是以此自豪，所以大卫不知道她空荡荡的星期日，不知道她平静的漫漫长夜，也不知道她最后一分钟才取消的假期。又是一个拥挤而别扭的周末，大卫的车里装满了人和东西，他要从萨福克[1]长途开车回来，心里暗自咒骂，想着伊迪丝的小房子，想着那里的宁静，想着她起居室幽暗的绿色色调。伊迪丝早早躺在床上，想着他和他家人在一起，他们的习惯，他们的争吵，他们的乐趣，还有他们的孩子。

然而，身在杜兰葛山庄，再次想起这些，她觉得喉咙一哽，眼泪就要掉下来（但她很擅长隐藏眼泪），她喃喃地说了一句抱歉的话，前所未有地在蒲赛太太之前离开了沙龙。她不会打电话的。不管怎样，就算现在不是没脸见人，那也是闭门思过。

---

[1] 英国东部的一个郡。

她有一双漂亮的眼睛，淡色的眸子，泪水滚落下来，仿佛看得更清楚了。大概两个小时后，她坐下用晚餐，感觉灯光更加明亮，餐厅里高朋满座，生气盎然。数日中，这里就是阴柔的女儿国，她看到男人给这里带来了阳刚之气，看到侍者快步回应他们的召唤，感觉挺好的。为伊迪丝捡起笔记本的灰衣男子，看到她坐下的时候，欠身点头致意，然后就专心致志地剔除盘子里鳎鱼的鱼骨。养狗的女人穿着一件飘逸的印花雪纺绸裙子，露出乳白色的肩膀，美丽的锁骨上是用细带子扎成的两个小小的蝴蝶结，模样惊艳。这里的温暖，这里的食物，这里的服务，伊迪丝都心存感激。她很是疲惫，觉得今晚会睡个好觉。

蒲赛太太身着黑色雪纺绸，站在门口迟疑不前，仿佛这里热闹得让她不知所措，如果没人陪伴，她几乎不敢朝餐桌迈出半步；珍妮弗温和地站在她身后。幸好有胡贝尔先生挺身而出，殷勤地伸出手，蒲赛太太才绽放出微笑，让胡贝尔先生引着往前走。养狗的女人哼了一声，而蒲赛太太选择忽略这个声音。

伊迪丝再次进入了无人问津的状态，她接受这一现状，毫不引人注目，抽身而出。退出餐厅，她是第一个来到沙龙的人,这里空荡荡的,她本就岌岌可危的尊严受到了极大的压力,再加上之前的悲伤,她感觉快要撑不住了。钢琴师坐下来演奏,对她微微一点头。她也点头致意,想到自己的表达已经变得如此局限:对钢琴师点头,对博纳伊夫人点头,听蒲赛太太说话,或是乔装打扮出现在她正在写的小说中。与此同时,她在等待一个保持沉默的声音,但几乎什么都听不见,听见的对她也毫无意义。其中的暗示让她害怕,她眨着眼睛,发誓要勇敢,要做得更好,不要失控。但这又谈何容易?

伊迪丝坐在沙龙里喝咖啡,感觉在悲伤中得到了净化,她感觉到了顺从和孩子气,以前很多次也是这样,她回到了童年的迷雾当中,也许是回到了那一次跟着父亲去维也纳艺术史博物馆的时光。伊迪丝孩子气地想要讨好人,看到信号,就走上前去,坐到了蒲赛母女的桌边。穿灰色外套的男人坐在了附近,摆出一副看报纸的样子,但真是太明显了,他就是在听她们谈话。伊迪丝没多少兴趣,心想,也许他是个侦探。

"亲爱的,你知道吧?"蒲赛太太补了妆,接受了赞美之词,说道,"你让我想起了一个人。你的脸看起来很眼熟。是谁呢?"

"弗吉尼亚·伍尔夫？"伊迪丝提供了答案，遇到这种情况，她总是如此。

蒲赛太太没有搭理。"马上就能想起来，"她说道，"你们两个自己说说话吧。"她举起右手，用拇指和食指捏住鼻梁，摆出了非常严肃的样子，而珍妮弗总是留心母亲的反应，就不再听伊迪丝说话，转而关注她母亲。伊迪丝往椅背上一靠，听着钢琴师的弹奏，而此刻就没有其他人在听音乐。听着听着，她意识到珍妮弗低下头，出现在她的视线中。"妈妈说她想要看电视，我们这就上楼了。"她转过身，看着母亲，而母亲起身的过程总是这么艰难。伊迪丝再次琢磨起蒲赛太太的年龄来。

走到门口，蒲赛太太夸张地转过身，说道："我想起来了！伊迪丝让我想起了谁，我想起来了！"

穿灰色衣服的男人依然举着报纸，但伊迪丝看到他微微哆嗦了一下。

"安妮公主！"蒲赛太太大声说道，"我就知道，我想得起来的。安妮公主！"

第五章

伊迪丝觉得这一天完全可能不受任何干扰，就是属于她自己的，想到这里，她几乎有了一种受用的感觉。她在虚构的情节中纠缠不清，主要是为了远离那些太过真实却无力控制的局面；纠缠中，她又感到了一种疲惫，这种疲惫似乎杜绝了所有的热情、主动和放松的可能。

可那天晚上,她睡得并不安稳。伊迪丝的脑子就像是电影院的屏幕,她时睡时醒,一个个毫不相干的梦穿插其中,一帧帧的画面投在屏幕上,之后还得费神解读。纤细的脚踝,灰衣服男子晚上出人意料的表现。记不清楚是什么时间,那男人收起装样子的报纸,稍稍舒展身体,跟着一个伙伴走进了酒吧。酒吧里传来少有的欢声笑语,即便是隔了沙龙也听得见。一个小时后,养狗的女人从酒吧走出来,有些衣冠不整,笑得不能自已,一只手臂挽着那个灰衣服的男人,另一只手臂挽着男人的朋友。琦琦被弃之不顾,抬起小头颅,一脸悲伤地望着主人,想要用圆球一样的小身躯挡住主人的去路。看到这一场景,胡贝尔先生和他女婿稍微争执了几句。钢琴师不安地退了场。他带着安抚的微笑,环视一圈,只有博纳伊夫人微微点头作了回应。

这些信息在很多方面隐晦不清。伊迪丝并不确定，脑子里出现的场景，到底是她真正留在楼下看到的，还是脑子深处过度兴奋，凭空编造出来的。这一夜她睡得很不安稳，要么醒来，要么经历更多这样奇奇怪怪的画面，其中一半是梦，一半是记忆。一切似乎都活灵活现，富有深意。但深意自然是深藏不露的。她被囚禁在混乱的睡梦中，不安地伸展身体。在意识的某个层面，在某个地方，她听见一扇门关上的声音。

她醒了，比平时晚很多，通过古老而精准的预知感觉，她知道今天泡汤了。一晚上，她醒醒睡睡，落得头痛，本能地不想吃东西，不想见人。平时微不足道的噪音此刻似乎都放大了很多：过道里手推车经过，声音响亮；女仆们的说话声尖利刺耳，令人难以忍受。她泡了一个澡，觉得像病人一样浑身无力，于是告诫自己要当心：再进一步，就是抑郁，必须止步。写稿子？想都别想。她安安静静地做事，告诫自己不要思考，关上门。

拉开窗帘，外面又是明媚的一天，远处的山，带着几缕积雪的痕迹，仿佛近在眼前。交通似乎中止了。人们另有事情在忙。外面花园里，侍者穿着干干净净的白外套，在平台的玻璃雨棚下安放好一张张的小椅子和桌子。阳光穿透玻璃，人们已经感觉到了热度，他们甚至开始讨论是否应该拉上橘色的遮光帘子来缓解燥热。远处某个地方传来沉闷的钟声。她惊讶地意识到，今天是星期天。

　　见机行事的时候到了，而这一类的事情她已是得心应手。也许她可以到太阳底下坐坐，看看书，不太可能有人来打扰。毫无疑问，此时此刻，其他房间里的人也在琢磨如何见机行事。她想象那些人的对话。蒲赛太太和珍妮弗可能正在打电话叫车，也许是兜兜风，看看风景，再以美味佳肴作为午餐，完美收官。日内瓦来的那行人可能一起远足，或许是到湖对面的依云。博纳伊夫人可能是为数不多留在原地的人，就像平时一样，悄无声息，读读报纸。养狗的高个瘦削美女，白天就看不见人，还能想象她干什么呢？她不过是像短暂离校的孩子，吃冰激凌和抽烟罢了。伊迪丝觉得这一天完全可能不受任何干扰，就是属于她自己的，想到这里，她几乎有了一种受用的感觉。她在虚构的情节中纠缠不清，主要是为了远离那些太过真实却无力控制的局面；纠缠中，她又感到了一种疲惫，这种疲惫似乎杜绝了所有的热情、主动和放松的可能。时间证明，局促不安之际，看小说就是一条出路,她现在必须得用一用。可是看哪一本呢,真是有些难以抉择。如今她正在写稿,就只能看看已经读过的书。虽然肉眼看不到,但她的确是心力交瘁,亢奋不安,即便是面对最熟悉的内容,也想回避和疏远。她看到的字眼会变形扭曲,比如说"家具"两个字,会变成"畏惧"。她害怕把珍惜的东西变成胡说八道,很遗憾,亨利·詹姆斯就被糟蹋了。太宏大的,不行;太小的,不够味。无论看什么,她的注意力都是断断续续的。最后,她选了一本短篇故事集,名字很美,叫《这些快活事》[1],作者科莱特[2]是个狡猾的老狐狸,肯定会看透她的。

天台上并非空无一人,但寂静主宰全场。博纳伊夫人坐在天台的一头,身穿米黄色的裙子和外套,前襟上有点污渍,头戴一顶很旧的米黄色帽子。她的拐杖放在两腿之间,两只眼睛盯着马路,旁边的桌子上准备好了一个棕色的大手提包。天台的另一头,养狗的女人一点声音都没有,伸展四肢,躺在长靠椅上,戴着超大的墨

---

1 该书再版的时候,改名为《纯洁的和不纯洁的》。
2 法国国宝级女作家。

镜，一动不动。

这美丽的一天自带脆弱的因子：它是夏季最后一天。蓝蓝的天空一丝云都没有，太阳当空，这光线不刺眼，也不绚烂，紫菀和大丽花站立在这通透的光亮中，一动不动。树木的叶子已经没有了深绿的厚重感——那是八月末和九月初的丰茂。如今叶子已经发黄干枯，随着一阵阵的风无声地飘落，看起来更为伤感。胡贝尔先生从沙龙走出来，开心地搓着手。今天的午餐和茶点时间会有很多临时客人。但此刻，一切都很安静。没人说话。偶尔听得到栗子落下的声音。

那个穿灰色衣服的男人，今天的外套颜色更浅，甚至更为优雅；伊迪丝注意到男人手里还拿着一顶巴拿马草帽，这让她心情舒畅。男人迈步走进花园，观察一番。他看到养狗的女人，于是穿过平台走过去，俯下身体，对仰躺着的女人显然是俏皮地询问了一句；女人抬起一条白白的胳膊，举起柔弱无力的纤长玉手，算是回答。这男人走开去干自己的事情，对伊迪丝点点头，也对博纳伊夫人点了点头，脸上再次浮现出偶尔一见的诡秘微笑。

他转过拐角，养狗的女人猛地坐起来，朝伊迪丝的方向探身，急切地低声说道："嗨！嗨！抱歉，我不知道你的名字。好心人，过来跟我坐一起，行吗？我不想那个男人再来找我，除了大闹一场，真是没法赶走他，我有点儿想这么干了，真的。"

听了这话，伊迪丝心里有点儿若有若无的遗憾，她顺从地合上书，沿着天台走过来，坐在一把小椅子上，就在长靠椅前端的旁边。她心想：多么可爱宁静的一天呀。哦，好吧。至少她的狗不在身边。

"莫尼卡。"女人说着话，伸出了柔若无骨的纤纤玉手。

"伊迪丝。"伊迪丝说道，谨慎地同女人握了手。最好不要太深入，她对自己说道。

"我注意你很久了，"莫尼卡说道，"一直都想跟你说话，但你总是与那位蒲赛妈妈在一起，我一看见她，就受不了。"

"现在，她在哪儿呢？"伊迪丝问道，希望对方说话小声一点儿。伊迪丝有点期待蒲赛太太出现，身穿白色的中古锦缎，神秘而华贵，重建她的秩序和等级，同时也开启今天正当的消遣。

"天知道。至少今天她们不会出去买灯笼内裤。

哦，请你原谅。贴身衣物。""贴身衣物"这几个字，她说的是法语，用了特别夸张的法国口音。"但我觉得呢，她也可能把别人叫醒，让人打开商店大门，究其原因，不过是她手里有一两千个空闲的法郎想要花出去。"

"似乎的确是很有钱的样子。"伊迪丝喃喃地说道，用了她希望是中庸的语气。她心里琢磨，仆人们在楼梯下八卦的时候，肯定也是这样的感觉。

"富得流油。"对方说道，"当然是做生意赚的。她亲爱的爸爸给她留下很多钱。葡萄酒生意。"她补充了一句，回应了伊迪丝的好奇。"他是雪利酒的进口商。搞笑的是那个老丫头受不了雪利酒的味道。她只喜欢香槟。嗯，谁不喜欢呢？"

伊迪丝想起自己上一次喝香槟酒的情景，打了一个寒颤。

"怎么了？不舒服？"莫尼卡问道。

我很累，伊迪丝心想。我必须小心，不能对这个慵懒奢侈的女人说心里话，如果我一说，她就会感到厌倦。现在只需要闲聊。

"我很好，"她说道，"但琦琦呢？"

莫尼卡脸色一沉。"不乖。被锁在了浴室里。也是呀，这么小的狗，换了环境，总没有在熟悉的环境里那么听话。瑞士人讨厌狗。要我说，这就是瑞士人的毛病。"

"你在这里很久了？"伊迪丝问道。

"地老天荒，"莫尼卡叹了一口气，"我在这里疗养。"

"哦，非常抱歉。你生病了？"

"没有。"对方回答道，"喝点儿咖啡，好不好？"她专横地伸出手，随即招来了一位影子一样的侍者。"有人说说话，真好。"她似乎在迅速恢复失去已久的活力。咖啡送了上来，她随意往杯子里倒了很多，但只是啜了一小口，转眼就拿起打火机，一摁，打火机冒出两英寸长的火焰，点燃了一根长长的香烟。她的一切看上去都那么夸张：她的身高，长得出奇的手指，具有感染力的声音，牡蛎色的大眼睛。今天她的眼睛稍微有点血丝，透过她的墨镜，伊迪丝看到了。她应该精神崩溃过，伊迪丝作出判断。或者是有亲人亡故。要小心行事。

莫尼卡看着香烟，点了点头。"当然，禁止吸烟。严格的指令。见鬼去吧！"她深深地吸了一口，仿佛要潜入几英寻[1]深的水下一般。几秒钟后，两股烟从她完美的鼻孔里喷了出来。她肺部有问题，伊迪丝修改了自己的判断。她多美呀。我之前还没这么想过。

砾石路上传来轮胎的声音，两个人转过头去。博纳伊夫人脸上的褶子重叠起来，露出微笑，挣扎着要站起来。车门重重关上，一个男人轻快活泼地走进花园，后面跟着一个穿红色裙子的女人，她的高跟凉鞋在草地上戳出了一个个的印子。"哦，我的好妈妈。"男人大声说道，发出假模假样的愉快声调。他们互相亲吻。

"可怜的老丫头，"莫尼卡说道，稍稍调低了音调，"她就是为了她儿子活着的。为了儿子，她什么都肯干。儿子每个月来看她一次，带她坐车出去，带她回来，之后就把她忘掉了。"

"她为什么来这儿？"伊迪丝问道。

莫尼卡耸了耸肩。"全是她儿子的主意。儿子觉得她举止太粗俗，没法与她儿媳妇住在一个屋檐下。顺便说一句，她儿媳一开始是美发师，后来甩掉了第一任丈夫，这个儿子是第二任。博纳伊夫人在靠法国边境的地

---

[1] 长度单位，1英寻等于6英尺，合1.828米。

方有一幢美丽的房子。她的家族很有名望。很自然，儿媳就想独自享受那幢房子。老丫头只好走人。她当然受不了那位太太，看不起她。这完全正确。她住在这里，因为她不想让儿子不开心。"

"你怎么知道的？"伊迪丝又是佩服，又是惊讶。

"她告诉我的。"莫尼卡深吸一口烟，这是另外一根烟。

"我没听她说过一个字。"伊迪丝沉思道。

"嗯，她说话不容易。"看到伊迪丝询问的目光，莫尼卡回答道，"她什么都听不见，就这么活着。"

她们看着那男人和他妻子大张旗鼓地把博纳伊夫人安顿在后座。真是不怎么样的一对，伊迪丝心想。男人矮而胖，皮肤黝黑，戴着墨镜，看上去像赌场管理员，等着夜幕降临才上班。妻子年轻得多，一头黑发，丰满性感，像是多金的样子。看着车缓缓开走，伊迪丝心想，那个儿媳妇还会嫁人的，到时候，博纳伊夫人也许就可以回家了。但这似乎不太可能。

后来，她们沿着湖边慢慢闲逛，伊迪丝思忖道，莫尼卡知道的比我多很多。没错，她就像是斯芬克斯。她和莫尼卡一起，很愉快地度过了上午的时光。但莫尼卡提出去那家咖啡馆再喝点儿咖啡,吃点儿蛋糕,伊迪丝就不解了。"快到午餐时间了。"她反对道。莫尼卡的脸上出现了隐晦的表情,一闪而过。"哦,去吧,"她请求道,"今天是星期天。鱼肉太难吃,我受够了。"

伊迪丝看着莫尼卡坚定地拿着叉子,戳进长条泡芙里,她有些卑微地想到,自己对人性并不怎么了解。她可以编造出虚构的人物,却不能解读现实生活中的人。她需要翻译来为她解读生活中的行为。这女人很讨人喜欢,真的很讨人喜欢。但伊迪丝也看得出来,她不省心。她突然转向,朝咖啡馆走去,伊迪丝紧随其后。看到这一幕,胡贝尔先生皱起了眉头。

莫尼卡靠在椅背上,贪婪地吸着另一根香烟。

"有个人,我看不透,"伊迪丝厚着脸皮说道,"珍妮弗。"

莫尼卡漂亮的椭圆形眼睛没有流露出半点表情。"珍妮弗。"她一字一顿地说道,停顿了一下。"珍妮弗,我告诉你吧,她非常坦率和直接。"

伊迪丝瞟了一眼手表,快下午一点钟了。"我们必须走了。"她坚定地说道。莫尼卡的脸一垮,马上就是阴云不散、愁眉不展的老样子。拜托,不要这么戏剧性，伊迪丝心想。"走吧。"看到对方耷拉着肩膀，坐着一动不动，伊迪丝伸出一只手。"你微笑的时候更加迷人。天气这么可爱，为什么不跟我一起走回去呢？"莫尼卡勉强跟着伊迪丝，慢悠悠地走到门口，嘴角挂着一点点没有展开的笑意。伊迪丝心想，她还真是让人费解。

她们回到杜兰葛山庄，看到蒲赛太太和珍妮弗坐在天台上，与她们坐在一起的是那个戴巴拿马草帽的男人。一瓶香槟懒洋洋地斜躺在桌上的一个小冰桶里。

"她来了，"蒲赛太太悦耳动听地说道，"亲爱的，过来一起坐。我们一直在找你呢。"蒲赛太太对莫尼卡视而不见。莫尼卡抿紧嘴唇，摘下墨镜，态度倨傲，身体一倒，躺在了自己的长靠椅上。

伊迪丝为新朋友感到恼怒，犹豫起来，但侍者们手臂上搭着餐巾出现在门口，正好解了围。蒲赛太太（的确是身着白色衣服）看到了侍者，就专心于起身这件事。戴巴拿马帽子的男人伸出了胳膊。珍妮弗拿起她母亲的外套。他们走进了餐厅。

"来吧，莫尼卡。"伊迪丝催促道。但莫尼卡嘴角一撇，再次举起柔弱无力的手，然后睡着了。

下午依然是金色的阳光。完美的一天如此美好，大家再次回到了天台上。伊迪丝看到莫尼卡毫无表情的侧脸，还有紧闭的双眼。伊迪丝与蒲赛母女和那个戴巴拿马帽子的男人坐在一起，她得知后者是内维尔先生。内维尔先生不知从哪里搞来了星期日的英国报纸，友好地递给大家看。就这样，他们安安静静地过了一个小时。但是，蒲赛太太心不在焉地翻了翻彩色增刊后，发出一声叹息，说道："如此丑陋的世界。贪婪，哗众取宠，廉价的性。没有品位，一点儿都没有。宝贝儿，到楼上去，把我的书拿下来，好吗？"

"好的。"珍妮弗上楼去了，伊迪丝和内维尔先生礼貌地作出回应，但并不想继续理会。"我恐怕是浪漫主义者。"她面带微笑，对着他们如此宣告。两个人则不得已，放下手里的《观察者报》《星期日泰晤士报》和《星期日电讯报》。"看吧，我受的是正统的教育。"好了，又来了，伊迪丝心想，咽下了一个小小的哈欠。"对我而言，爱情就是婚姻，"蒲赛太太继续说道，"浪漫与追求是一体的。女人应该让男人崇拜她。"内维尔先生侧着脑袋，态度专注而礼貌。"嗯，也许我是幸运的。"蒲赛太太轻轻一笑，补充了这么一句，低头整理她丝绸衬衣上的蝴蝶结。"我的丈夫崇拜我。谢谢你，宝贝儿。"珍妮弗递给她一本平装书，封面上是一个变形的侧脸，这是新艺术风格。"我喜欢这一类的故事。"她继续说道。伊迪丝注意到，这位太太甚至可以一边看书，一边说话。

"《午夜太阳》。"内维尔先生表情严肃，一字一顿地念道。"作者是罗莎·维尔德。不知道这个作家。"他看着伊迪丝的侧脸说道。伊迪丝凝望着远处的湖。

"但我觉得这并不是她最好的作品。"蒲赛太太说道。

身为作者，伊迪丝感到一阵痛苦。事实上，我还挺喜欢这一本的，她心想。当时是夏天，大卫度假去了，焦躁地躺在希腊的一处沙滩上，旁边是他的妻子。我想象他过得很开心，我一天写十个小时，就是不让自己去想他。我对此很是得意。这已经是三年前的事情。

她的脸色平复下来，双眸在回忆中变得蒙眬（你需要一副眼镜，伊迪丝！佩内洛普会这样说），内维尔先生靠了过来。

"我先给这两位女士叫上茶点，"他说道，"然后，我们出去散会儿步，可以吗？这么好的天气，不能浪费了。不会再有这么好的天气了。"

伊迪丝一时没有回答。"是的，亲爱的，去吧，"蒲赛太太仿佛是要表明自己读兴正浓，语气淡淡地说道，"晚餐之后再见。"

还真是繁忙的一天，伊迪丝心想。他们沿着水边慢慢走着，渐渐离开了小镇。同行的伙伴默不作声，伊迪丝倒是很感激。那座城堡阴郁沉闷，坐落在延伸到湖水里的一小块地上，仿佛是要筑堤拦水一般，勾勒出让人厌恶的轮廓，在这波光粼粼的水边，委实是败笔。很快，城堡就会挡住太阳，它庞大无比的轮廓就会黯淡下来，似乎要向他们逼近一般。两个人不愿意看到这日复一日的阳光隐遁景象，本能地停下脚步，走向栏杆，靠在上面。慢慢地，这一天的色彩渐渐褪去，蓝色的天空开始泛白，这是素净的时刻，下午结束了。夜晚就要来临，随之而来的忧伤悄悄爬上伊迪丝的心头。她的同伴瞟了她一眼。"我们坐一坐？"他一边建议，一边领着她朝石头长椅走去。内维尔先生双脚交叉，露出了好看的脚踝。他询问伊迪丝他是否可以抽一口雪茄。

"嗯，伍尔夫女士。"他说道，"我们还没有真正介绍过呢。菲利普·内维尔。"他平静地补充了一句。

伊迪丝目光锐利地看了他一眼，这一次不再是盯着他的脚，也不是盯着他关注蒲赛太太时候的侧面。

"或者，我可以称呼你罗莎·维尔德？"他继续说道。

数周以来，伊迪丝第一次大笑起来。这是久违的笑声，让她吃了一惊。一旦开始，她就停不下来。沉寂的风钻了出来，内维尔先生乐呵呵地盯着伊迪丝看。最后，他也笑了起来。后来伊迪丝擦着眼睛，他脸上依然带着笑意。

"请允许我唐突地说一句，你刚才这样，比平日的表情好很多。"

伊迪丝惊讶地看着他。"我还不知道，有人对我的表情感兴趣，"她说道，"我一般认为自己是听众的角色，但也就是人体模特对画家的作用：不再需要了，就各自走开的那种。"

"你觉得自己是人体模特？"

"不，我不这样想。别人这样想。"

"你的作用是被看见，而不是被听见。"

"我的作用是听，而不是说话。"

"那对于不说话的人，你给出了大量的信息。"

"我并不知道……"

"你很端庄。我不是说你没有愁眉苦脸的时候。我只是无法想象你经常那样。"

"不要太肯定。"伊迪丝的脸突然沉下来。

"不,不。我并不认为你心不在焉。我的意思是说,如果我年轻一些,时髦一些,我可能就要说,我可以解构你话语中的能指符号。"

伊迪丝勉强露出了一丝微笑。

"这就好多了。我应该说,你觉得很无聊。"

这话温和,近似于温和,伊迪丝脸颊一红。她深深地吸了一口气,平复一下;接着,她睁着明亮的眼睛,对他点了点头。

"是呀,"他说道,"是呀。哪天,就这几天,我们出去走走。南边的山,你去过没?"

她摇了摇脑袋。

"那里是酿酒用的葡萄的种植区,"他说道,"有几个餐厅很不错。如果可以,我就给你打电话。"

他们原路返回山庄。蒲赛太太和珍妮弗在天台上,正要离开。大家淡淡地招手点头。莫尼卡不见踪影。博纳伊夫人坐在那里,微笑里夹杂着焦虑,她儿子和儿媳大声谈论着只有他们知道的事情,反正博纳伊夫人也听不见。她儿子看到自己妻子脑袋一偏,听到她说了一句"该走了",就敏捷地站了起来,准备离开。儿媳把脸蛋儿凑过来让婆母亲了一下,然后轻快地朝车子走去。博纳伊夫人想让儿子多留一会儿,但车喇叭响了起来。儿子在母亲两边脸颊亲了几下,大声叫道:"我来了。"博纳伊夫人依然站在天台上,一直凝望着儿子消失的方向,最后甚至伊迪丝和内维尔先生都能触摸到她的世界里的沉寂。

那天晚上,伊迪丝孤零零地坐在餐桌边,感到微笑不时地浮现在自己脸上。她和蒲赛母女一起喝了咖啡,早早告退。她觉得愉快而疲倦,比平日稍感满足一些。

"珍妮弗,"蒲赛太太嘱咐女儿,"去吧,请那位内维尔先生过来,挺好的人,一个人待着,可怜。"

伊迪丝心想,内维尔先生一个人是完全可以的,而且也愿意一个人待着。她面带微笑,朝门口走去。

她打开厚厚的窗帘,走到阳台上,看到了天空中的月亮,空气如牛奶一般。她在阳台上坐了一小会儿,心中思绪万千。美丽的夜晚,让人愉快而平静,比很多夜晚都平静。她感觉很好。等她终于走进房间,到镜子前梳头的时候,心想,今晚可以睡得好一些了。

突然,过道传来一声尖叫,然后是奔跑的脚步声,她大吃一惊,觉得危险就在身边。她一动不动,侧耳细听,古老的恐惧从心底爬了出来。一片寂静。她小心翼翼地打开门,看到蒲赛母女的套房门开着,灯光泻出,还有说话的声音。哦,上帝呀,她心想。难道是蒲赛太太心脏病突发?她命令自己行动起来。

珍妮弗的门开着。珍妮弗穿着一件缎子睡裙,肩带从她丰满的肩膀上滑落下来。她收起双腿,悬在床上,一边笑,一边小声抱怨。她母亲穿着一件淡粉色的丝绸和服睡衣,站在门口,一只手捂着嘴巴。内维尔先生蹲在角落里,手里拿着报纸,正忙着抓什么,接着走到窗边,把什么东西抖落出去。

"现在安全了,"他郑重其事地说道,"没有蜘蛛了。"

接着,他抬起眼皮,看了伊迪丝一眼。

蒲赛太太走上前来,一只手放到他的胳膊上。

"感激不尽,"她轻声说道,"她很小的时候,就惧怕蜘蛛。"

她现在可不小了,伊迪丝思忖道。她对珍妮弗有了一个新印象,之前还从未这样想过。侍婢,她如此想道。珍妮弗穿着睡衣,完全成熟的肉体,露出来不少。

她站在过道里,挥手向内维尔先生道晚安,对方神秘的微笑再次浮现在脸上。

那天晚上,晚些时候,琦琦终于醒了,饿了,如泣如诉地叫到天亮。不知不觉中,伊迪丝终于睡着了,入梦前似乎听到了一扇门关上的声音。

第六章

她想,我对女人太严苛,因为我更了解的是女人,不是男人。我知道她们的提防,她们的耐心,她们需要宣扬自己成功。她们从不想承认失败。这些我都知道,我就是她们中的一员。

我最亲爱的大卫：

　　我不用再隐藏身份了，但之后再说这件事。

　　很抱歉，过去两天我都没有写信。杜兰葛山庄这沙漠之地有了陌生的新关系，也像玫瑰一样怒放了。恐怕蒲赛太太和珍妮弗也不能指望我去听她们购物的传奇故事（总是凯旋而归：无论什么，这个是最后一件，那个是最好的），因为我自己也在购物，这对我很不寻常，全是因为新朋友莫尼卡（X女士）的撺掇。她当然高兴，算是找个借口租个车，迅速地开到她知道的某个小地方，挑选衣服打扮我，与其说是符合我的审美，还不如说是遂了她的品位。真的，有时我就想，她和蒲赛太太有太多的相同之处，而她们与我则没有。但也不知道什么原因，她们并不睦邻友好，都拿我当缓冲国。在一定程度上，我就像是处在割据状态的国家。这些事情也就那么一回事，并不是特别有趣，但我买了一条非常迷人的蓝色丝绸裙子，我觉得你会喜欢的。莫尼卡说，这裙子让我看上去年轻好多岁。我刚到的时候是什么样子，我真是不愿去想。

陪着莫尼卡很费神，但她本人也很有意思。我已经知道了她在这里的原因。莫尼卡有饮食问题，这是委婉的说法，至少她本人是如此措辞的。杂志上这类文章很多，总是看得到。现实中的意义就是：她在餐厅的时候没胃口，无聊，生气，翻来覆去地捣鼓盘子里的东西，捣得颜色很难看，最后大多数东西都被偷偷喂给坐在她膝盖上的琦琦。两餐之间，她又出现在车站附近的咖啡屋，吃蛋糕。这背后的故事很有意思。她丈夫身份高贵，急需继承人，打发她到这里调养，命令她进入状态；如果行不通，莫尼卡就得走人，腾出地盘，好让约翰爵士另作安排。她自然郁闷。她吃蛋糕，就像是其他人为了猎奇去贫民窟看看一样。但是，她很难过，因为她也想有个孩子。我觉得她不会有孩子的。她好美，好瘦，好养尊处优。她的盆骨好窄，就像是火鸡的叉骨！

现在看来，我们出去已有了固定的模式。我们在镇上转悠，小店里的东西，有些非常昂贵，她举手投足之间，表示的就是看不上眼。等我们到了哈芬登店，她又改变了心意，非要喝一杯咖啡不可。我就像是跟着一个孩子出门。她站住了，一步都不肯走，然后琦琦动弹起来，我们就走了进去。一杯咖啡升级为几块蛋糕，她也不用费心在我面前装样子。她说，跟我在一起，感觉很安全（谁又不是呢？），然后就再次絮叨她艰难的处境。她对自己的丈夫又恨又怕，但原因只是丈夫没有保护她，她似乎看到自己注定要孤老余生，流落他乡。这一点，她是有先见之明的。我看她几年后就会变成领汇款的女人，拿着钱在国外，住在这样的酒店里——各式各样的杜兰葛山庄里，美丽的脸庞变得憔悴刻薄，胳膊下永远夹着她的狗。永不屈服、自命不凡将是她最后的武器，现在已经显现出来了。她鄙视她丈夫的家族，说他们是五金商人暴发户（我的理解是，她丈夫的一位祖先在19世纪初发明了一个很小但非常关键的工业器械）。她自己无所事事、游手好闲，倒是担负了很多溢美之词。放到艾里斯·蒲赛太太嘴里，她就是攀龙附凤。但现在看起来，她是攀不住了，想到自己的未来，她精致的脸庞就往下一垮，摆出伤心的样子。

当然，这样一来，我本来打算写稿子的时间就被占用了不少，但我想，我也许可以待得久一点。天气依然美丽。

我也得到了一些必需的锻炼。这里有一位内维尔先生，长得很像国家美术馆[1]前段时间被偷走的《惠灵顿公爵》画像。昨天，他带我出去，走了好长的路……

伊迪丝放下手中的笔，再写下去，就不合适了。难听而刻薄的想法已经在她的意识边缘徘徊，等着机会占领阵地。事实上，花这么多时间谈论衣服，或是琢磨其他女人的收入或机遇，并不符合她的性格。她一直觉得这样的讨论本质上比较低劣，但总是被这样的交谈所吸引，虽没主动参与，但也没能全身而退。比方说，莫尼卡。她和莫尼卡在一起，走进了一个懊悔的世界，这里有的是蔑视与嘲弄，取笑和挑衅。莫尼卡不肯拿出为人妻子的得体行为，以美色为诱饵骗取婚姻的这一套露了馅：她轻佻放肆，要破坏丈夫的尊严，要让丈夫忍气吞声留下她，如果不能，就毁了丈夫的名声。她的丈夫

1　英国国家美术馆，又译为国家艺廊，位于伦敦特拉法加广场的正北方向。

另有心思，另有安排，将她扔在一边，但她还是在等丈夫，就像是等待敌人一样。一旦他们见面，她忘不了的积怨旧怒，就会唤醒两人以前的怒火。丈夫来之前，她会花丈夫的钱，浪费丈夫的时间，琢磨如何报复。她曾野心勃勃，冒险投机，现在需要一个女人跟随身后；对方是她的陪衬，要顺从谦逊，她可以畅所欲言，而不用在意对方的观点。

伊迪丝琢磨，自己对于蒲赛太太，也是同样的角色。蒲赛太太，以及她的延伸部分珍妮弗，形象比一开始的时候清楚了很多。蒲赛太太的成功是莫尼卡所不屑的：中产阶级，奢华显摆。听蒲赛太太提及她丈夫，伊迪丝觉得难受，蒲赛太太的回忆就像是她自我陶醉的聚会：蒲赛先生依然没有名字，如果不是通过间接证据，他也没有职业，没有家。他的性格，他的品位，甚至他的长相都笼罩在疑团当中。他如何离世的，不清楚；何时走的，不知道。但伊迪丝已经开始担心了，谜底最终揭晓的时候，她必须表示安慰和同情。我也有过去，她想，心里顿时感到愤愤不平，而这并不是她的个性。我的人生中也有人去世，也有人离开，有些就是最近的事情。但我学会了把它们遮蔽起来，不让人看见，不让人过问。对我而言，展示伤口就是情绪失控，之后我会感到羞愧。

然而，真正让伊迪丝烦恼的并不是蒲赛太太镇定自若的表现欲，而是这位太太时不时让她看在眼里的情欲。蒲赛太太喜欢与人调情，即便是周围没人可以调情，也是如此。她做得毫无忌讳，看起来应该是人畜无害，可伊迪丝觉得有些不舒服。蒲赛太太很少一个人独坐，但伊迪丝看到，凡是这样的时候，她就有各种各样吸引别人注意力的小花招，创造出一种繁忙的小景象，必然会引得人来，向她伸出援手。只要有了目的，并且认定某人可以为她这一目的服务，她就不达目的不罢休，绝不会安安静静地待着。她不遗余力地颂扬自己，淋漓尽致地展示自己的魅力，表现得如此决然而又无辜，可这样年龄的女人还有多少风情呢？她绝不退场，一定要争芳斗艳，即便是对珍妮弗也不例外。母亲如此夺目，流露出炽热的眼神，歪着脑袋，热情洋溢，专心致志地思考下一次如何打扮，相比之下，珍妮弗显得暗淡无光，相当被动。伊迪丝在蒲赛太太的卧室看到过的那些异国情调的便装，并非都是素雅的品位，对此一笑置之？不过是人畜无害的嗜好，她只是喜欢打扮，只是喜欢游戏人间？肯定的，她毫无疑问是这样的。伊迪丝在嘀咕，心里泛起了古老的偏见。换作她的母亲罗莎·维尔德，根本就不会有半点疑惑。她母亲只消看一眼蒲赛太太，就会露出阴沉的笑容；只需瞥上一眼，就能分辨出她最仰慕的女性气质。那些年里，避开外祖母和姨婆，母亲、母亲的妹妹，还有母亲的表妹聚在一起，讨论她们征服的男人，讨论她们的情敌，她们争论最多的就是这个。她们用口音很重的法语为暗号——她们一致认为，这一点很重要。母亲罗莎会撇嘴，不是因为鄙视，而是悔恨她失去的大好年华。她本应该周旋在情人当中，看他们为自己争风吃醋，却落得只有一个日渐寡言的丈夫和沉默的女儿。

蒲赛太太很讨厌莫尼卡，她在莫尼卡身上感到了对抗和失败。对于蒲赛太太来说，莫尼卡不仅仅攀龙附凤，而且不应该出现在她这位太太眼前。莫尼卡不费吹灰之力，就摆出了极致的倨傲，蒲赛太太则是轻描淡写地称之为"装模作样"。她没说这装模作样的背后是什么，但暗示自己知道答案。

伊迪丝琢磨，正是因为忍受不了女人，很多女人才嫁了人。她也受不了女人。她埋着脑袋，低眉顺眼，自然是挡不住佩内洛普·米尔恩每天的知心话,后者还以为她爱听,更糟糕的是,佩内洛普还理直气壮地质问她那些问题。伊迪丝平静如止水,照料花园,写作,脸上波澜不惊,没有流露出任何怜悯、同情和好奇的表情。她一言不发,渴望着大卫。

人们觉得她是老处女。她认识一些没有结婚的女人,听到她说没有——她生命中没人——的时候,这些欲求不满的女人们绝望地朝上翻起了白眼,从没想过她在撒谎。她很会撒谎,做得相当自然。有时她觉得,正因为写了那么多故事,她才迎来了这个,迎来了她最后的冒险,她的故事变成了生活。她知道,大卫不太会撒谎。他和妻子吵得最凶的时候,甚至暗示说要出去浪,他妻子只鄙夷地一笑,知道他身上压着责任,割舍不下房子、孩子和职业声望。他的朋友们纵容他,毕竟他有魅力,自然就多了任性的本钱。但他们怀疑他任性的对象是吃苦耐劳、前赴后继的年轻秘书,或者是其他男人的妻子。他们从未想到过她。

伊迪丝当然认识他的妻子,但想方设法不见她。伊迪丝生性就离群索居,人们就随她去,她倒不觉得惊讶。有一个宴会,她当作是社交责任,鼓动自己去了,当时并不知道他会出席。然而，走到会客厅外，她听到了那个得意扬扬的笑声，一时迷糊，不知道该退还是该进，也不知道哪个更需要勇气。在那种情况下，她身不由己地走了进去，发现自己坐在那里，一手拿着杯子，一切正常。她举止得体，因为她明白自己应该如此：安安静静，彬彬有礼，没有半点冒失。她左手边是一位讨人喜欢的中年男子，她听着这人说话（她的女主人就像是坐拥他们一样，露出了满意的神情），看着桌子对面，看到了他的妻子。他妻子脸色绯红，喝了很多酒，与人争论不休。她很性感，伊迪丝痛苦地想道。性感，但仍然不满足。伊迪丝拿起香烟，她的邻座掏出了打火机；她脸上挂着一贯的庄重微笑，转过头来。后来，夜深了，伊迪丝看见大卫坐在那里，一只胳膊放在妻子的椅背上，妻子目光迷离，脸色粉红，已经沉默下来。伊迪丝明白，晚上他们会缠绵。她很突然地站起来，感谢女主人，说这一晚非常愉快。

"亲爱的，必须得走吗？时间还早呢。"

"还请你原谅，"她说道，"有个东西，我想要写完……"

"可怜的伊迪丝，挑灯夜战呢。但你的书真是好。

亲爱的，我们都好爱你的书。你打算怎么回去？"

伊迪丝的邻座说开车送她，就一起离开了。从切舍姆街[1]回去的路上，她相当沉默。对方叫杰弗里·朗，也沉默不语。伊迪丝模模糊糊感觉到他和蔼可亲。伊迪丝对他说，他不用下车，但改天晚上他必须来跟她喝上一杯，他们交换了电话号码。伊迪丝站在小小的前花园，跟他挥手道别。接着，她折下一截薰衣草的嫩枝，用手指碾碎，嗅着叶子的芬芳。最后，她走进房里。哦，大卫，大卫，她想。

伊迪丝知道，大卫是有福就要享的人。她也是这享乐中的一部分。这一点，她必须记住。

第二天清晨，她给女主人打电话，得知她离开后的场面很是失控。或是她被灌输了这种感觉。"普利斯拉太淘气了。可怜的大卫，有时真是忙得不可开交。当然了，他们绝对是心心相印的。"她想象出了场景：有冲突，有指责。但她的女主人在说话："你和杰弗里还合得来，我挺高兴的。你们两人一定要再来玩儿，尽快来。"但她心想，她不会再去那儿的，至于杰弗

1　位于伦敦的贝尔格莱维亚区（上流住宅区）。

里，还是让他留在那些做媒高人的手里吧。于是她说，写完这本书之前，她准备消失一段时间，等忙过这一段，马上就联系；如果女主人哪天能过来喝茶，就太好了，花园现在正漂亮呢。

那是四年前了。佩内洛普喜欢召集手下人马，也不管别人知不知道是她的手下。那天她带着伊迪丝去西蒙兹拍卖场看拍卖，之后，伊迪丝那晚对大卫的不愉快记忆就立刻烟消云散了。她们一去，看到大卫和他的仓库管理员斯坦利两个人身穿衬衣，沉默而和谐，各自坐在一个装货箱子上，第三个装货箱子上摆着两杯茶和一盘果酱馅饼。大卫撑起身体，站起来，面对佩内洛普故作调皮的指责，脸上带着微笑，表情专注。而伊迪丝知道，在这副面孔后面，他脑子里想的完全是别的事情。他的目光停在佩内洛普身上，伊迪丝看着佩内洛普说个不停，脸上泛起了好看的红晕。"两点三十分，大卫。"斯坦利提醒道。佩内洛普转过头来，与斯坦利亲切地说上一句话。伊迪丝让自己摆出中立的表情，而大卫肩膀一抖，穿上外套，同时也在寻找伊迪丝的目光，只是一边的眼皮微微下垂。就这样，他们一言不发，约好了紧急见面一次。

等待会儿再看到他,他全然是干正事的样子。下面的人一个个像是退化成了听话的小孩子,排队坐到成排的椅子上,抬起眼睛,看着讲台。大卫站在拍卖台上,手里拿着拍卖槌,大声宣布:"五号拍卖品,《时间揭露真相》,弗朗切斯科·富里尼[1]的作品。有人出价吗?"

身在杜兰葛山庄,坐在小牛肉颜色的房间里,双手放在膝盖上,伊迪丝一时迷惑:自己在这里干什么呢?啊,想起来了,她的身体也颤抖起来。她们都是挺不错的女人,把自己当朋友,而自己什么都没有透露过。想到自己小小的不公正,想到自己偏颇的评价,伊迪丝感到了惭愧。她想,我对女人太严苛,因为我更了解的是女人,而不是男人。我知道她们的提防,她们的耐心,她们需要宣扬自己成功。她们从不想承认失败。这些我都知道,我就是她们中的一员。我严苛,因为我记得母亲,记得她的种种不近人情,我一直在提防,不想多遭罪。但不是所有的女人都是母亲那样的人,我也真是愚蠢才会那样想。父亲会怎么说?他会说,伊迪丝,想一

---

[1] 意大利画家。

想呢。你画出了错误的等号。

她感到了愧怍,低下头。她想,我白白被叫作了弗吉尼亚·伍尔夫。

她坐了很长时间,然后谦卑地站起来,理了理头发,拿起手提包,下楼用茶。

只有博纳伊夫人一个人在沙龙里喝茶,她棕色苍老的手从裙子前襟拂去糕点屑。伊迪丝对她露出微笑,对方点头致意。周末过后,山庄就空了。天气依然很好,但显得力不从心,仿佛渐渐把控不住温度和阳光。天台上,和煦的阳光有一种不透明的质地,随着越来越短的下午慢慢消失,逐渐蜕变成了淡淡的雾气。空气也有种湿润的感觉,让人感觉要下雨。远处的群山再次融入了雾气当中。

"亲爱的,终于看到你了,"蒲赛太太说道,"这一两天,你都快变成陌生人了。珍妮弗觉得你差不多是抛弃我们了。宝贝儿,是不是?"

蒲赛太太弃而不读的《午夜阳光》到了珍妮弗手里,她抬起眼帘,露出微笑,此刻她的消化系统处于休息状态。

"我们觉得,你都把我们忘了,"她坚定地说道,

"妈妈很是不安呢。"

伊迪丝喃喃地说着"怎么会"之类的话,重重地坐在了柳条椅子上,接着就问她们这一天做了什么。听到这一问题,对方露出幸福的表情,心情愉快地给出了很多无关紧要的信息。

第七章

待在湖边的时候,她是温和的,是小心翼翼的,而随着海拔上升,来到这上面的空气中,那个她消失了,通过一种遥远而近乎透明的方式,新的成分组合在一起,构成了一种更结实、更明快、更有决断力的现实的存在,能够去体会快乐,甚至是期待快乐。

"真没想到,原来距离冰川这么近。"伊迪丝赞赏道。

"嗯,"内维尔先生附和道,"但也没有那么近。"

他们坐在一个小餐厅的外面,头顶上是葡萄藤架子,两人中间的桌子上摆着一瓶黄葡萄酒。他们坐在阴凉处,望出去,可以看得到一个没人的小广场,午后的阳光照下来,很亮。湖面的薄雾是无法企及这个高度的:朦胧的色调、渐变的层次,还有细微变化的柔光和温暖,全都分辨不出,不见了踪影,眼前是清澈明朗的空气。这里的天气又冷又热,又暗又亮:阳光下就热,阴凉处就冷;他们登山的时候,光线明亮,坐在一个小小的咖啡酒吧休息,周围没有人,光线就暗。到后来,内维尔先生问道:"你还能再走走吗?"于是,他们再次出发,最后到了伊迪丝认为是山峰的地方,但他们路上经过的梯田果园里挂满了金色的水果，可见认为这是山峰未免有些失实。

现在，他们用了午餐，坐在这里，止步不前。就只有他们两个人盯着这几平米的鹅卵石平地，只听得到远远的汽车传来若有若无的轰鸣声，还有餐厅深处的收音机传出含混的音乐声。也许收音机在厨房，或者在后面的小起居室里，餐厅的主人坐下来休息，看看报纸，等着再次供应晚餐。

但是，谁来这儿呢？伊迪丝觉得，蒲赛太太、莫尼卡、博纳伊夫人、山庄本身，以及山庄的老钢琴师，还有山庄质量可靠的食物，似乎就在宇宙的另一头。她自己呢？待在湖边的时候，她是温和的，是小心翼翼的，而随着海拔上升，来到这上面的空气中，那个她消失了，通过一种遥远而近乎透明的方式，新的成分组合在一起，构成了一种更结实、更明快、更有决断力的现实的存在，能够去体会快乐，甚至是期待快乐。

"什么样的人来这里呢？"她问道。

"像我们这样的人。"他回答道。

他话很少，但言简意赅，寥寥数语，选得好，说得也好。伊迪丝习惯于沉思的独白，大多数人都认为理性思考就是如此;她还喜欢编出大段巧妙甚至博学的对白,让她书中的人物脱口而出。她往椅背上一靠,露出了微笑。从对方的谈话中感到快乐,她极少遇到这样的消遣。人们总是期待作者给他们带来消遣。他们认为,作者开口让听众感到满意,就应该心满意足,就像是中世纪宫廷里的马屁精、侏儒,还有杂耍艺人。那我们呢?没人想到要给我们带来消遣。

这情感上的颤动在伊迪丝脸上一闪而过,内维尔先生注意到了:"给我说一说,你也许会感觉好一点。"

"哦,你觉得是真的吗?"她用力吸了一口气,如此询问道,"即便是真的,你能保证立竿见影的效果吗?就像是那些晦涩的药膏广告,说什么帮助你'得到解脱',从来都不知道解脱的是什么。"她继续往下说:"有时还配有图片,衣冠楚楚的男人,一只手按在背上。"

内维尔先生露出了微笑。

"我觉得,重要的是承诺,"伊迪丝继续说道,有点儿失控了,"或者只是承诺的表示。算了,我都忘了我在说什么。你不必在意。"她又补充道:"我大部分时候都像是生活在地下。多好的一天呀,就不该想这些。"她的脸再次放晴。"我现在很开心。"

她看起来的确像是很开心,内维尔心想。她脸上总是习惯性地挂着略带绵羊感觉的表情,寻求赞同或是理解,现在她变得开心,变得贵气。内维尔心想,她究竟是为什么到这里来的呢?

"你究竟是为什么到这里来的呢?"伊迪丝问道。

他又露出了微笑:"为什么我不应该来这里?"

伊迪丝双手一翻,手心朝上作了个手势。"这山庄就不是你待的地方。这地方似乎永远属于女人,而且属于某一种女人:被遗弃,或者被抛弃,拿上钱待得远远的,或是做女人们的闲事,比如花钱买衣服。这种交谈的本质就排除了男人。你肯定无聊到极点。"

"我猜,你是来完成书稿的。"他愉快地说道。

她的脸色阴沉下来。"你说得很对。"她说道,又给自己倒了一杯葡萄酒。

他装作没看见。"嗯,我非常喜欢这个地方。我与我妻子来过一次。我在日内瓦开会,也不用着急赶回去,就想看看这里是不是老样子。天气还是这么好,于是我就多待几天。"

"会议,"她说道,"请恕我好奇,什么内容呢?"

"电子业。我有一个电子公司，规模很不小，做得也相当不错。事实上，公司几乎自己就能运转，这多亏了我的副手，他非常优秀。公司的一切都由我负责，但我在公司的时间越来越少，就有很多时间待在我的农场，我真的也很喜欢这样。"

"哪儿……"

"马尔伯勒附近。"

"你的妻子，"她小心翼翼地说道，"她没跟你一起来？"

他理了理衬衣的袖口。"我妻子三年前离开了我，"他说道，"跟一个比她小十岁的男人跑了。人人都预测她会不幸，但她依然幸福得光芒四射。"

"幸福，"伊迪丝拖着声音说道，"真精彩呀！哦，非常抱歉。说这话很不得体。你肯定觉得我蠢。"她叹了一口气，"我恐怕真的是很蠢，与这个世界脱节。人们把作者分为两大类。"对方的沉默让她很是尴尬，她继续说道："一类是睿智到不可思议；另一类是天真到不可思议，仿佛没有真正的生活经历一样。我属于后者。"听到自己说出真相，她脸红了，"就像是《阿韦龙的野小子》。"她渐渐没了声音。

"现在你看起来不开心了。"短时间的沉默后,他开口说道。在他沉默的过程中,伊迪丝的脸更红了,而他就那么看着。

"嗯,我觉得我很不开心,"伊迪丝说道,"我对此深感失望。"

"关于开心这件事,你想得很多?"他问道。

"时时刻刻记挂在心。"

"那请允许我说一句,你这样做就不对。我敢说,你恋爱了。"他这是在惩罚伊迪丝之前的大意。突然,他们之间就有了敌意,这是他有意为之的,因为敌意能让人忘掉绝望。伊迪丝带着怒气,目光炯炯,抬起眼帘,只看到了他不依不饶的侧脸。这家餐馆委实不大,标明界限的箱子里种着天竺葵,上面停着一只振动翅膀的蝴蝶。他看似在端详那只蝴蝶。

"把幸福与特定的情况,与特定的人混为一谈,"他停顿了一下,然后继续说,"大错特错。我摆脱这一切后,就找到了满足的秘密。"

"请问那是什么呢?"她冷冰冰地说道,"我一直都很想知道。"

"很简单。只要没有投入大量的情感,就能想干什么就干什么。可以做决定,可以改变心意,可以改变计划。完全不需要为另一个人操心,不用担心她是否事事如愿,是否不满、不安、心烦或是无聊。想友好就友好,想残忍就残忍。从出生开始,人所受的训练就是不要满足自己,如果只是去满足自己,那就再也没有不开心的理由。"

"或者,再也没有了真正开心的理由。"

"伊迪丝,你是浪漫主义者。"他微笑着说道,"可以叫你伊迪丝吗?"

她点了点头。"仅仅因为我的看法和你不一样,我就必须是浪漫主义者?"

"因为你被误导了,被你想要相信的东西误导了。你不知道吗?两个人无论有什么样的山盟海誓,都没有绝对的和谐。正因为不合拍,浪费了多少时间和心思?白白地经历多少荒唐而无尽的痛苦?你没有意识到吗?即便是一往情深,有时也比不上淡淡相处——其实一直都比不上,你没看见吗?"

"是的,我看见了。"伊迪丝表情忧郁。

"亲爱的,那就要用起来。你还不知道,一旦决定独享这个世界,那就是一片光明。一旦只是为自己做决定，你的决定就没毛病了。只需要考虑自己想要什么，或者是不想要什么，然后就照着办，世界上最简单的事情不过如此。"

"有些事情是这样的，"伊迪丝说道，"但并非事事如此。"

"必须学会忽视其他事情。着眼于自身，就可以做更多的事情。以自我为中心，就没有什么不可以的，而且其中大有学问。一旦以自我为中心，就可能会有崭新的生活。"

"但如果就想与别人分享生活呢？"伊迪丝问道，"假设就是厌倦了自己的生活，想要过别人的生活，仅仅是猎奇而已。"

"人就没法过别人的生活，只能过自己的生活。记住了，这世上没有惩罚。人们总是说无私是美德，无耻是恶习，这完全失准。这是教人做农奴，教人认命、顺从。你也许会惊讶，但按照我的策略，真的，想要多少朋友，就有多少朋友。道德水准不高的人，让人容易相处；顾虑重重的人，让人退避三舍。"

伊迪丝慎重地点了一下头，勉强承认他的观点。这样危险的言论，如果是在海拔低处，她可能会给予反驳，但现在似乎与这里的葡萄酒、明媚的阳光，还有让人陶醉的空气很合拍。她知道，这番话有的地方不对，但此时她没有兴趣去探究。她觉得这番话挺妙的，妙的不是论证的力量，而是语言的魄力和他的雄辩。我还以为他很安静，她感到挺惊讶的。

"这就是为什么我非常喜欢我们亲爱的蒲赛太太，"内维尔先生说道，"她的贪婪简简单单，让人精神为之一振。她找到了满足自己贪婪的方法，挺让人欣慰的。你也看到了，她身体好，精神头也好。不用为人着想，她脾胃康健；不考虑良知，她夜夜好眠。她陶醉于自我的存在，每一分钟都很享受。"

"是的，但我怀疑这对珍妮弗不好，"伊迪丝说道，"也许我应该说，不够好。她这个年龄的人，生活中不应该只是买衣服这件事。"

"珍妮弗，"内维尔先生脸上浮现出了他精致的微笑，"我一点儿也不怀疑，她有她自己的方式，有其母必有其女。"

伊迪丝靠在椅背上，仰起脸庞，对着太阳，有一种微醺的感觉，让她如此的并不是葡萄酒，而是这一看法的眼界。她觉得很妙，好像还可以通过一厢情愿来满足自己。内维尔的魔鬼逻辑没有错。然而,伊迪丝知道他的论证有瑕疵,就像是他的感知能力有瑕疵一样。她坐直身体,开始了反击。

"你提倡这种道德水平不高的生活?"她质疑道,"你推荐吗?我的意思是说,推荐给别人?"

内维尔先生脸上的笑意更浓了。"我敢说,我妻子可以。我能包容别人道德水平低下吗?你是这个意思,对吗?"

伊迪丝点了点头。

他啜了一口葡萄酒。

"我非常理解他们。"他回答道。

妙呀,伊迪丝心想。表现得天衣无缝。他知道我在想什么,并且给了我答案。答案并不让人满意,却诚实。从答案本身来看,也还优雅。可能内维尔先生就是曾经人们所说的品质男人。他举止温文尔雅。伊迪丝打量着他的巴拿马帽子和亚麻外套,心想,他穿着也大方得体。他的模样甚至也不错:十八世纪的面孔,精致而缄默,嘴唇饱满,肤色健康,隐隐约约的胡须根露出黛青色的光泽。他聪明得让人发指,穿着搭配得当。哦,大卫,大卫。

伊迪丝对内维尔先生的注意力发生了微妙的变化，他注意到了，身体往前，靠在桌子上。

"伊迪丝，你认为自己没有爱情就活不了，错了。"

"不，我没有错，"她慢慢说道，"没有爱情，我就活不了。我并不是说自己会日渐憔悴，茶饭不思，变得荒诞可笑。我说的比这个严重得多。我的意思是说，没有爱情，我就活不好。没有爱情，我的思考、行动、说话、写作，或者是做梦都会丧失活力。我会变得冰冷呆板，动弹不得。我会崩溃。我认为的绝对幸福就是整天坐在和煦的花园里，看看书，或是写写东西，知道我爱的人到了晚上就会来到我身边——每天晚上都会来，感觉非常安全。"

"伊迪丝，你是浪漫主义者。"内维尔先生面带笑容，重复说道。

"错的人是你，"她回答道，"我这一生，大部分时间都听到人们指责我是浪漫主义者。我不是浪漫主义者，我是家养的动物。惊天动地的激情，感天动地的爱情，我既不哀叹，也不渴望。我知道这些东西，这些东西只能让人孤独。不，我渴求的是简简单单的日常生活：天气好的晚上，挽着胳膊散散步；打打牌；有闲聊的时间；一起准备食物。"

"终于泄露秘密了？"内维尔先生暗示道。

伊迪丝瞟了他一眼，目光里是纯粹的不悦。

"这就好多了。"他说道。

"嗯，你显然觉得这很好笑，"她说道，"显然，在史云顿[1]，他们做事更有序，或者无论你从哪儿……对不起，我不应该说这个的。太粗鲁了。真是可怕……"

他又给伊迪丝倒上了一杯葡萄酒。

"你是个好女人，"他说道，"太明显了。"

"怎么明显了？"伊迪丝问道。

"别人觉得受到冒犯的时候，好女人总认为是自己的错。坏女人从来不认为自己有错。"

伊迪丝感觉透不过气来，不太清楚自己到底是喝醉了，还是因为谈话新奇，对方觉得她轻浮。

"我想喝点儿咖啡，"她宣布道，希望自己的语气有尼采式的直截了当，"不，转念一想，我想喝点儿茶。非常浓的茶。"

1　英国小镇，位于英格兰威尔特郡。

内维尔先生看了一眼手表。"是的，"他说道，"时间也差不多了。我们很快就应该出发了。等你喝了茶就出发。"

伊迪丝喝得很猛。这一番思考，对她现在的处境而言，遥不可及，无济于事，但却让她的脸颊有了颜色，眼睛更加明亮，而她浑然不觉。平时梳得服服帖帖的头发滑落下来，凌乱地披在她的脖子上。她不耐烦地伸出手，取下发夹，用手指理了理头发，让它垂落到脸上。内维尔先生微微收紧嘴唇，用评判的眼光看着她，点了点头。

"伊迪丝，还是让我来告诉你你需要什么吧。"他说道。

又来了，她心想。我刚刚才告诉了你答案，这一点，我可比你更清楚。

"是的，我知道，你觉得你比我更清楚，"看到伊迪丝警觉地把头一仰，他就如此说道，"但你错了。你不需要更多的爱情。你的爱情太多了，要少一点儿。""伊迪丝，爱情没给你带来多少好处。爱情让你神秘、腼腆，也许还让你不诚实？"他补充了一句。

她点了点头。

"因为爱情,你来到淡季的杜兰葛山庄,和其他女人坐在一起讨论衣服。这是你想要的吗?"

"不,"她说道,"不是。"

"不是的,"他继续说道,"你是个聪明的女人,很聪明,不可能不知道自己缺少的是什么。你所说的那些家庭快乐,打打牌什么的,很快就变得乏味。"

"不,"她重复道,"永远不会。"

"会的。哦,你的浪漫会暂时抵挡住悔恨的想法,但悔恨终究会大获全胜。你会发现,你与其他不满的女人有很多共同之处,你会觉得女性主义的立场很有道理,你会什么都不读,只读女性小说……"

"我写的就是女性小说。"伊迪丝提醒他。

"不,不是那种,"他说道,"你写的是爱情。除非你更犀利地审视自己,否则你不会写别的东西。"

伊迪丝感觉脖子后面的头发开始噼啪作响。她对自己说过差不多的话,说过很多次,但每次都能对自己的判决置之不理。现在,她认出了权威的声音,仿佛是听到了疾病确诊,再也不能像以前那样自欺,认为症状都是想象出来的了。

"你真的想要耗尽余生与怨妇们谈论你的身世

吗?"他无情地继续说道。

"这方面,我没有什么东西可谈。"她不开心地笑道。

"哦,假以时日,你就会觉得郁闷,就会有话可说。不管怎样,没有谁的话经得起细细推敲。"

"说说吧,"停顿之后,伊迪丝说道,"你是不是兼职做精神分析师?毕竟你的电子行业给了你太多的闲暇。"

"伊迪丝,你需要的不是爱情。你需要的是社会地位。你需要的是婚姻。"

"我知道。"她说道。

"一旦结婚,你也可以像其他人那样放纵。考虑到你闲置的潜力,你也许有过之而无不及。"

"解脱了。"她同意道。

"到时候人人都喜欢你,有那么多可说的话,你再也不用等在电话机旁。"

伊迪丝站了起来。"天冷了,"她说道,"我们走吧。"

她大步走在前面。最后一句话过分了,她心想。龌龊。他真知道在哪儿戳刀子。是的,我在房间里写东西，别人自然是方便给我打电话。如果我出去了，谁知道会发生什么？突然，她就渴望那样的孤独，就像是孩子在派对上兴奋过头，该早一点由稳妥的保姆带回家。

"抱歉，"他赶上来说道，"请不要这样。我并不想打探。我对你一无所知。你是个很好的女人，我冒犯了你。请原谅我吧。"

"你本性残酷。"她语气和蔼地说道。

他头略微一歪。"我妻子以前也这么说。"

"你怎么知道我有放纵的闲置潜力？你明白的，这虽然不严重，但绝对是轻薄。工作场合摸女人屁股或是性骚扰，那是公然的轻薄。你这样的方式更为隐蔽，但也是很多女人都熟知的。"

"如果你放纵的能力得以充分利用，就不会穿着羊毛衫闷闷不乐地走来走去。"

伊迪丝怒了，径直往前冲。但她一个人找不到回湖区的路，为了控制愤怒，她试了几种调节情绪的方法。这些方法她长期都在用，信手拈来，其中最有效的就是转移，把事情转移到她书中的场景里。"傍晚不知不觉降临了，"她对自己喃喃地说道，"太阳就像是一个炽热的火球……"可是，没有用。伊迪丝转过身，寻找他的身影，听他的脚步声，他应该就在身后，但却没有。站在这山坡上，在这冷冷的空气中，伊迪丝突然感到了孤独。她打了一个寒颤，双臂紧紧抱在胸前。

"我恨你。"她大声叫道，希望能得到回答。

嘎吱的声音从沙砾路上持续传过来，内维尔先生再次出现。等看清楚他的脸，伊迪丝看到他的脸上挂着平时的微笑，而且笑意更浓。

"你干得挺不错呀。"他一边说话，一边让伊迪丝挽上自己的胳膊。

两人沉默地往山下走了十分钟，伊迪丝说道："知道吧，我发现你的那个微笑，稍稍有些不友好的意味。"

他的微笑更惬意了。"等你更了解我，"他说道，"就知道到底有多么不友好。"

第八章

她这些天待在这里,小心翼翼地装模作样,似乎成功地掌控住了这种虚假而无意义的生活,那些人根本不明白什么才是为了她好,却声称到这里来是为了她好,突然,她就看出了这一切不过是徒劳。

最亲爱的大卫：

惊人的消息！蒲赛太太，站在女性时髦的顶峰，引领品位，孜孜不倦地寻觅奢侈品，迷倒众生，已经七十九岁了！我怎么知道的？两天前她过生日，我们都受邀为她庆生。那天早些时候，我就听到了传言，说是有什么事情；我走在过道上，准备出去，听到蒲赛母女的套房里传出了惊喜的叫声，还有刺鼻的香味喷涌而出，几乎扩散到了楼梯口。我站在山庄外面的台阶上，看到一个小伙子从货车中冒出来，手捧花束，真的是婚礼花束的感觉。我没有去想，但如果想一想，就会知道没人会送花给莫尼卡、博纳伊夫人或我，那答案只能是蒲赛母女。当然，在某个地方，珍妮弗可能会有个男朋友。往深处想，会觉得她肯定有男朋友，但不知怎么的，这似乎不太可能。我觉得她是那种绝不会离开母亲的女儿。我之前也见过很多这样的女儿。说来你可能会感到惊讶，佩内洛普拒绝了很多人的求婚，因为在她看来，几乎没有男人可以满足她母亲苛刻的标准，而我对这些标准颇有耳闻。每件事情，佩内洛普引用的终极权威都是她母亲，有时，我真是羡慕她的这种笃定，这种虔诚。我真希望自己也有这样的母亲，传授给我镌刻在石碑上的至理名言和随时可用的警句实例。可是，我可怜的母亲从来没有这样，她只是嘲讽讥笑，大喊大叫。然而，我还是认为她是我可怜的母亲。随着我年龄的增长，我体会到了她的忧伤，她对人生大变的迷惑，还有她的孤独。她生活在一无所知的阴云当中，把她自己的阴云馈赠给了我。她是个失望的凶女人，读爱情故事来安慰自己，就是那些大团圆结尾的浪漫故事。也许这就是为什么我会写这样的故事。她人生的最后几个月躺在床上，身上的睡衣是他们在维也纳度蜜月的时候父亲给她买的。她并不在意——也许根本就没有注意到——睡衣的花边已经破了，曾经的淡蓝色已经褪去，变成了灰色。她看着书，抬起眼帘的时候，眼睛的蓝色也褪去了，变成灰色，眼里全是梦想、渴望和幻灭的希望。我母亲的幻想终生不变，她教会了我什么是现实。我把现实放在心中最重要的位置,时刻提醒自己不忘残酷的现实,但有时我并不知道,我这样是否就比母亲好一些。

这些只是顺便说一说。那天,我在外面,等到傍晚回来用晚餐的时候,谜底揭晓。繁忙的周末过后,餐厅空了下来,只有寥寥数位客人,清楚地展示出什么是"季末",只要天生有感觉的,都看得出来。甚至侍者也懈怠了,看得到他们彼此在聊天。莫尼卡第一次公开把自己的第一道菜喂给琦琦,似乎没人在意。博纳伊夫人吃得非常快,上菜的间隙,她默默地坐着,双手抚平桌布。我把牛杂碎吃了四分之三,这时意识到门口有些动静,抬头一看,只见胡贝尔先生领着蒲赛太太往里走,她一边笑着,一边抗议。显然今天不同于往日。蒲赛太太的餐桌上不仅装饰着鲜花(我上午看到送来的那些),而且她升级了打扮的规格,让我们其余人相形见绌。说真的,这一次盛装出席,我觉得她驾驭得差点儿意思。她身穿深蓝色的花边裙,套了一件缀满亮片的短上衣,一看就是非常昂贵的那种,再用几串珍珠金项链点缀,上面还挂着一个非常美丽的天青石吊坠。她的头发重新染成金色,指甲涂成粉红色,完美无瑕。是的,她看上去真是光彩照人——那种巴洛克风格的光彩照人。我的意思是说，要么就是她显得出格，要么是我们其他人。到底是谁呢？悬而未决的状态非常短暂。接着，天平就不易察觉地朝着蒲赛太太倾斜。当然，她想要的就是这个，这些事情总是要达成某种共识。就在那关键的一刻，不知怎么的，她得到了大家的共识。侍者急匆匆地冲出来，为她拉开椅子，殷勤地把菜单摆在了她的面前，将香槟酒也拿了出来，请她过目。博纳伊夫人无动于衷地目睹了这一切。莫尼卡眼珠子冲上，翻了一个白眼。

你要知道，我们都没准备。这是周中，大家情绪不高，至于晚装，最好的要留在星期五，第二好的要用在星期六，而星期天的晚装既要得体又要低调。待在机构里的人，很快就学会了里面的规矩。我穿的是那件你一直都不喜欢的绿色裙子，反正你也不在这里，也不会不喜欢，所以我觉得无所谓。但在蒲赛太太驾临的几分钟后，我明白了你不喜欢这裙子的原因，决心再也不穿它。特别是莫尼卡，完全被比下去了，原因是：虽然她一直都很美，可这一晚她成功做到了不美，也许是黑色裙子让她看起来太瘦，也太苍白。她象牙白的颧骨投下暗影，看起来就像是病了，就像是在劫难逃。博纳伊夫人也身着黑色，但她一直都穿黑色。我觉得她有两条，最多三条黑色的裙子，看不出来年代，也看不出来形状，永不过时，真的，不属于任何时尚款式，她每天晚上换一条。我没法给你形容这些衣服的细节，主要原因是它们就没有细节。但我必须说的是，博纳伊夫人永远都不会穿错衣服。她是她这个年龄的女人应有的模样，我和莫尼卡也担得起同样的话。

等我的各种想法平息下来后，我意识到珍妮弗也是用心打扮过的。其实是莫尼卡做出了含义丰富的鬼脸，我才朝珍妮弗的方向扫了一眼。这一眼，可谓是开了眼界，请允许我这样粗俗。为了给母亲庆祝生日，珍妮弗穿上了粉红色的灯笼裤，搭配的是露肩女式衬衣，完全是时尚杂志里的做法。她也做了头发；一头闪亮傲人的金发，之前是随意收拾的，这一次绾成了顶髻，两条短卷发留在耳朵前面，上下跳动。我以前没有注意到她如此丰满。真的，母女二人都很丰满。但她们应对得很好，一般人几乎注意不到。不管怎样，这对母女的打扮很是勇敢。也许是有点奇特，但也可能是因为其他人情绪都不高。想到她们不遗余力地为之作准备，我感到了力竭的眩晕。她们是在度假！真的没人去关注她们！

当然，还有我们，但我们与这世俗之乐的花园几乎没什么关系，根本不应该在考虑范围之内。我觉得就在那一刻，大家都感到了这一点，眼看着场面就要黯淡下来。

我觉得蒲赛太太可怜，为她感到难为情，同情她，但显然她是这种游戏的老手。一杯杯的香槟送到了莫尼卡、博纳伊夫人和我面前，我们就不得不举杯祝她健康，免不了觥筹交错，点头致意，还有款款的微笑，大多数都是冲着蒲赛太太的。面对这样的庆祝活动，莫尼卡和博纳伊夫人比我更为冷静和耐心，她们态度深沉，喝着香槟。博纳伊夫人一饮而尽之前，缓慢举杯的动作很是迷人。接着，看起来款待已经结束，这一活动也恰如其分地得到了关注，就在这时，阿兰和另一个穿着白外套的小伙子推出了餐车，上面的蛋糕相当夺目，甚至博纳伊夫人都露出了赞叹的表情。胡贝尔先生骄傲得不能自已。蒲赛太太的杯子再次满上了香槟，她喜笑颜开，举起双手，遮住脸庞，甚至还掏出精致的花边手绢碰了碰一边眼角。珍妮弗是行家，全程监督；蛋糕切好，放在装满巧克力的盘子里，她打发侍者给我们端来。这一次，我们举起叉子示意。蛋糕非常美味可口。

当然，晚餐后，我们就不能让蒲赛太太一个人待着。这是我记忆中第一次，所有的客人一起在沙龙里喝咖啡。这当然不是同类聚会，一片欢腾当中，蒲赛太太的口红有些花了，但她似乎都没有注意到。博纳伊夫人什么都听不到，她应该是习惯于履行自己的职责，或者只是顺从于他人的期待，大无畏地坐下来，时不时地朝着蒲赛太太的方向露出微笑，或是和蔼地对珍妮弗点点头。这一次，我觉得这位夫人称得上高贵，毕竟她远离家人，真的没有什么值得庆祝的理由，而且老太太也并不熟悉虚伪应酬的这一套。莫尼卡？她觉得没人盯着的时候，偶尔会冲我眨一眨眼，但在整个聚会过程中还是很热情的，我真没想到她能如此热情。显然，只要她愿意，玩起社交手段，她可是得心应手，但她每说一句话，都有含沙射影之嫌。我发现，如果她的调侃有一点点过分，珍妮弗就会抬起眼帘，紧紧盯着她看。但莫尼卡是真的起了兴致，究其原因，我知道的，那应该是蒲赛太太的衣服，肯定是的。很快，她们就谈论起服装师的名字和地址，真是棋逢对手，不相上下。两人说的都是同一个人，但并不是立刻就能分辨出来，因为由蒲赛太太说出来的是"我的小女人"，到了莫尼卡嘴里就是"我的老友"。一时间，场面祥和，两人交火一般地报出横跨欧洲大陆的各大品牌。我能听出来几个：古驰和爱马仕，香奈儿和琼·缪尔，白宫和老英伦。到了这个点上，博纳伊夫人也许觉得已经尽到了客人的本分，起身举起拐杖，向蒲赛太太致意道别，一摇一晃地走出了沙龙。"可怜的老太太。"蒲赛太太说道。我觉得她的声音很大，但当然了，博纳伊夫人是听不到的。

我们继续坐在那里，但实际上应该散了才对。在场的一方吸走了所有的注意力，这样的场面有多难维持，你是知道的。我再次注意到了蒲赛母女的奇特之处：她们拒绝礼尚往来。这对母女极其和蔼可亲的背后是一种根深蒂固、决不妥协的东西，仿佛除了她们两人，任何人都不入她们的法眼；仿佛只要不是蒲赛家的人，就是她们眼中的可怜人。当然，从这个定义出发，所有人都是可怜人。我不知道珍妮弗是否会结婚。从局外人变成局内人的殊荣会降临在谁的头上呢？他怎样才能得到承认呢？他必须呈递上无懈可击的资格：和她一样富有，或者，如有可能，更为富有，以及与之相配的更高级的生活方式；位置理想的住所；还有蒲赛太太称之为"地位"的东西。这些属性要优先考虑，之后才是他的外形，因为珍妮弗有可能被外形所迷惑而仓促作出判断。

我的感觉是：这位天选之子相貌要好，但也许不需要特别有男子气概；他要相貌堂堂，但不能太年轻；他必须耐心十足，还要绝对地宅心仁厚。他必须具备所有的这些品质，因为蒲赛太太警惕性十足，要通过这位太太的审查，他就要花很多时间与其相处。更确切地说是与母女两人相处。事实上，我认为，珍妮弗的婚后生活会是现在的延续；唯一的改变是人数，现在是两人，以后是三人。唯一的仪式是婚礼，而婚礼是购买更多衣服的借口，其根本的意义会被弃之不顾。这个男人——珍妮弗的丈夫，对母女二人要不偏不倚，对两人都要随叫随到。他必定是这家的男人，但他不会是蒲赛。不管怎么说，在他到来之前，母女二人难道不是其乐融融吗？难道她们优秀的标准不是只限于她们本人的吗？他怎么可能会有资格建议作出任何改变呢？

　　我有一种蒲赛太太会永生的感觉。对于一些人（我非常了解他们）来说，死亡如影随形，就在他们面前。他们失去了希望，失去了胃口，失去了活力。他们感觉人生的意义在慢慢消逝。他们认为自己失去了或者从未得到过内心渴望的东西，于是就放弃了。这些人的目光中流露出可怕的自我认知，流露出终极的认命：我还没活够，但为时已晚，无法再自我救赎。但蒲赛太太是物化的尤物，似乎排除了这样的观点、这样的想法、这样的预感，或者其他各种称谓，反正就是这些东西。蒲赛太太把人生的好东西攥在手里，根本就不打算松手，为什么要松手呢？她一开始就明白那些倒霉蛋永远学不会的东西；她知道，这世上有好东西，但不是人人都有份。她如此睿智，别人只能恭贺。如果别人还有其他的感觉，那很有可能是吃不到葡萄说葡萄酸。

"今天是你的生日，"莫尼卡大声说道，她此刻的想法或多或少跟我一样，"但多少岁的生日呢，我猜猜看？"蒲赛太太想要对这句话置之不理。（但现在想起来，我觉得她耳朵可能是有点背。仔细想一想，觉得真是如此。她长篇大论地说话，完全不顾别人，任何人都插不进话——也许她只是出于虚荣心，不愿意承认耳背而已。）"宝贝儿，"她对珍妮弗说道，"去吧，请菲利普过来。他知道的，我们不讲虚礼客套。"听到这话，珍妮弗的脸色立刻变得更加红润，表情更加空洞，快步走到内维尔先生跟前。整个庆祝过程中，这位先生一直都隐藏得很好，但现在不得不放弃这个晚上的安排，走过来，与我们坐在一起。

但是，莫尼卡不是这样就能打发的。"好吧，"她用一种不容置疑的调皮语气说道，"我打赌，你是接受不了已经六十岁的事实，对不对？你看起来并没有六十呀。"蒲赛太太大笑起来。"年龄是相对而言的，"她避实就虚地说道，"你感觉自己多大，就是多大。有时，我觉得自己还是个少女呢。"她说这话的时候，声音渐渐有了一种天真无邪的特质。我们作为听众，感觉她似乎就要成年，徘徊不前，面对世界将要给她的奇珍异宝，惊讶不已。

"但是，你都生出了珍妮弗呀。"莫尼卡说道。我觉得她的语气很不友好，而且没有遮掩。于是，珍妮弗再次抬起眼帘，紧紧盯着她看。珍妮弗这样的眼神让她看上去老了很多……她实际年龄又是多大呢？也许是喝了香槟，我觉得累了，或者我本来就累了，突然我有了一种怪异的感觉：这一切都是在演戏，一切都是装出来的，本来就是化装派对，不会有人说实话的。大卫呀，当时我非常想你，非常想。但你不在。只有内维尔先生在，他玩得很享受。我得解释一句，内维尔先生身怀绝技，通晓人心，在纵欲享乐方面绝对是高手。

可悲的事实是，蒲赛太太虽然依然英勇，但突然看起来就很苍老。面对内维尔先生坚持不懈的款款殷勤，她招架不住，终于吐露真相，说她已经七十九岁，我们真的是惊讶万分。每个人都在脑子里飞快计算，想的究竟是什么，大家都心知肚明。如果蒲赛太太承认七十九的年龄，那珍妮弗的年龄肯定与我差不多。我的年龄，莫尼卡的年龄，也就是珍妮弗的年龄。珍妮弗和我一样，三十九岁，但她有圆润的身体，再加上没有表情的面孔，看起来似乎不到十四岁。这么一想，珍妮弗一直表现出来的就是蛰伏状态。很多少男少女都像她这样，身体似乎已经成形，又尚未成形，若有若无，呼之欲出，令人不安。她看起来对自己的丰满和性感浑然不觉，幸好还有小女儿状的听话乖巧，否则就是不可思议。一望便知，珍妮弗身体健康，大大方方，天真烂漫。然而，比较之下，我与这些就不沾边，感觉像是她没有出嫁的老姑妈。

殷勤的内维尔先生巧舌如簧，在他的诱导下，蒲赛太太接着告诉我们，她结婚后，不知何故，就是没有孩子，早期的生活笼罩在阴影当中。说到这里，她从手提包里掏出了另一条雪白的手绢，一抖，展开手绢，擦拭嘴角。"无论我们如何努力，"她说道，"似乎都是白费工夫。"往日的回忆涌起,她叹了一口气。这话一出口,气氛沉重起来。莫尼卡心思重重,一声不吭。我后悔没早点儿走,应该同博纳伊夫人一道离开的。接下来,我们得知,经过十二年的"尝试",蒲赛太太无私奉献,努力终于得到了回报,看吧,珍妮弗就坐在那儿呢。"我丈夫一直都想要个小女孩。"说到这里,她转头望着珍妮弗,如愿看到珍妮弗绽放出微笑,并且深情地伸出手。得到女儿的支持,蒲赛太太继续绘声绘色地给我们讲述了珍妮弗童年的趣事。不用说,虽然万宠千爱,但珍妮弗事事都如父母所愿。"嗯,等了那么久才有的,往往就想满足他们所有的愿望,不是吗?我丈夫一见她掉眼泪,就受不了,扰得他心乱如麻。他对我说:'艾里斯,给她最好的东西。我给你一张空白支票。'我们就给了她最好的,宠爱多一点儿,也没什么坏处,对不对,宝贝儿?"珍妮弗再一次绽放笑容,再一次伸出手。珍妮弗的健康,印证了父母的心血没有白费;不知怎么的,因为这个,大家又得再次恭贺蒲赛太太。她说了那么多,大卫,我得提一句,珍妮弗有过一匹叫"小树枝"的小马驹。接着,蒲赛太太又全套背了一遍:黑斯尔米尔,总部,她买东西都是送货上门。

伊迪丝放下了手中的笔。这信只能之后再写，甚至可能要重写。她似乎不知不觉地写了不该写的，这样的叙述完全超出了简明扼要的界限。她本想简单说上几句，消遣一下，转移一下注意力，放松而已——这就是她的功能，也是她致力的目标，但写着写着，就不太对劲，失控了。本来是为了娱乐，蒲赛太太的生日不正是量身定做的消遣吗？但信中聚集了内省、批评甚至是怨恨的元素。"嗯，亲爱的，《克兰福德》[1]看得怎么样了？"大卫以前就这样，他们坐在伊迪丝的大沙发上，他一边说话，一边伸出修长的胳膊把她揽到身边。这是暗示，她很懂，于是就把自己各种细致入微的见解娓娓道来。她一边说，一边盯着大卫瘦削精明的面孔，看着他脸上的疲惫慢慢消失，变成微笑。伊迪丝心想，我在他心中就是那样的，而我出于对他的爱，就摆出那副模样。

可是现在呢？也许是香槟酒的作用，她心神不宁。怎么会这样呢？除了疲惫，除了紧张，似乎也没有其他的缘故。当然，这一天白天本就很不一样，晚上实在

1　英国作家伊丽莎白·盖斯凯尔（1810-1865）的作品。

是太漫长。没多久，莫尼卡开始给蒲赛太太讲她自己的故事，对方兴致盎然，却摆出居高临下的关切态度。无处可躲。珍妮弗一只脚架在另一条腿的膝盖上，也就是她穿着宽松的灯笼裤才能做出这样的动作，不雅观的同时，还是表现出了孩子气，仍然是听话、乖巧的面孔，似乎又走神了。她靠在椅背上，手指拨弄着自己的卷发，半睁着眼睛，有一点唾液悬挂在牙齿上，亮晶晶的。伊迪丝强忍下一个个的哈欠。伊迪丝甚至感到内维尔先生都有些心不在焉，但他总是一副彬彬有礼的表情，没有表露出来。

到了半夜，他们依然坐着。莫尼卡一旦开始，就不会转移话题，她一根接一根地抽烟。蒲赛太太其实没有什么实质性的建议可给。说真的，她想起当年的煎熬，最后有如此可喜的结果，说出来的只是鼓劲打气的陈词滥调，对方听了，并不怎么受用。莫尼卡沉下脸，摆出了习惯性的埋怨表情。这个晚上开始的时候，基调很是和睦，一度进展得很不错，但结束的时候显然是逊色不少。至少琦琦不在，它又不守规矩，被阿兰关进了莫尼卡的浴室里。胡贝尔先生张罗了庆祝活动，虽感到几分失望，但还是待在楼下，希望得到感激之辞，可也等不来了。大家似乎都疲倦了,场面再也撑不下去;内维尔先生伸出胳膊,要送蒲赛太太上楼,后者忙不迭地接受了。这一次站起来,她花的时间更长一些,但最终还是靠在内维尔先生的胳膊上离开了,珍妮弗紧随其后。

伊迪丝回到自己的房间,就像是回到了港湾,关上门,想要找到情绪低落的原因。这似乎与今晚的活动和其间的思绪有千丝万缕的联系。蒲赛太太庆祝生日,她仅仅是个外人吗?蒲赛太太的生日,还有想象中珍妮弗的婚礼,在她看来是如此立体和真实,甚至超过了她自己的人生回忆。住在父母房子里的时候,她过生日,都是她自己做蛋糕,然后由父亲连同咖啡一起隆重地捧出来。那些都是短暂的时光,就像是怯生生的短途旅行,走进了她理想中可能拥有的家庭生活。一时间,她母亲也活泛起来,回忆起年轻时去过的咖啡屋,谈笑风生,然后又再次陷入回忆的痛苦当中。到这个时候,咖啡也喝光了,盘子里的蛋糕也所剩无几,于是伊迪丝就收拾东西拿进厨房,她的生日也就结束了。从来没提过婚礼的事情。

现在,房间里幽暗而安静,多好呀,可奇怪的是,伊迪丝的疲惫感消失了。此刻,她写信时就断断续续感到的潜在的不安感,变得蠢蠢欲动,而且越演越烈,占了主导。夜很深了,她感到心在狂跳,隐藏的地方暴露出来,危险的浅滩上潮水汹涌,占领了她的意识,而作为控制因素的理智却土崩瓦解。她这些天待在这里,小心翼翼地装模作样,似乎成功地掌控住了这种虚假而无意义的生活,那些人根本不明白什么才是为了她好,却声称到这里来是为了她好,突然,她就看出了这一切不过是徒劳。也许今晚的香槟、蛋糕和庆祝活动冲垮了她心灵的堤岸,让她浮想联翩,让她之前为自己精心设定的说辞都成了胡说八道,消遣娱乐已经过去,她重归严肃的自我和痛苦的自我反省,要给自己一个说法。她曾以为,顺从别人的意见,到这里来避一避,躲一躲,就能扫清障碍,把往事一笔勾销;假以时日,她就能够赎清罪回归,再续之前的人生。"伊迪丝,我这是在大扫除。"伊迪丝还记得父亲一边撕毁书桌上的文件,一边如此说道。"只是大扫除。"父亲的脸上挂着微笑,眼睛里全是忧伤。他知道,一切都会改变,他住进医院也不是什么短暂的小插曲,而他就是这样给妻子打气的。他再也没有回家。也许,我也不会回家了,伊迪丝如此想道,难过得心都碎了。悲伤之下,她感到了活生生的危险,就像是她看到了小说情节一步步地发展,结果就要摆在眼前一样。

一片寂静中,她孤零零地坐着,低着头,一丝不苟地回忆着一桩又一桩的事情是怎么让她来到了淡季里的杜兰葛山庄。

第九章

她觉得自己似乎应该穿点儿暖和的家常衣服,最好是穿着晨袍,再来上一杯有营养的乳制饮料,慢慢细啜。她深感孤独,觉得许多新娘也许都是一样的感觉。但肯定没有多少新娘像她这样,一个人规规矩矩地坐在起居室里,时不时地站起来走到窗口,看是否有车前来。

那天是她的婚礼,她醒得比往常早,生硬刺眼的白光让她感觉不安,仿佛光线中藏匿着让人不悦的意外,远远不是她所期待的金色阳光。她觉得天气是征兆,自己突然醒来是预示,但征兆预示的是什么呢,她不能说,甚至也不能想。她经过梳妆台,看到自己的脸是那么苍白和憔悴,吓得不轻,这一点更说明问题。她心想,我不再年轻了,这是我最后的机会。佩内洛普说得对。我早应该放弃幻想,放弃我与生俱来的幻想,面对现实。我内心深处渴望的东西,是永远不可能拥有的。我怎么可能拥有呢?太晚了。但成熟了,也是有好处的:愉快的陪伴,舒适的生活,应有的假期。这是符合理性的前景。她想,我一直都是个理性的女人。我们都同意这一点。

不算久远的那次晚宴,女主人给伊迪丝介绍的杰弗里·朗，他人很好，自从他母亲去世后，就一直孤孤单单的。哪里还能找到比这更安全、更理智的美好未来呢？她心想，也只有非常天真的男人才能如此传统地公开追求女人。大家都深受感动，他一心一意，慷慨大方，送不完的鲜花，无微不至的关心，最后还拿出了他母亲幽暗的猫眼石戒指，最终，伊迪丝也被感动了。他给伊迪丝提供了完整的人生，一个新家，新朋友，甚至还有一幢乡间小别墅，这些都是伊迪丝从未想过要谋求的奢华。他本人也是内外兼修，挺讨人喜欢的，虽然他评价自己有些老派。比如说，他不赞同女人工作，也取笑过伊迪丝写书花了太多的时间。他的追求直截了当，甚至有些滑稽，但让人很暖心。人人都说，他对他母亲有多好。人人都说，做他的妻子该有多幸运。人人都说，伊迪丝很幸运。佩内洛普也这样说，神情多少有点恼怒，好像她比伊迪丝更有资格一样。伊迪丝不断地得到提醒：她是幸运的。真的，也没有必要否认。她是幸运的。她看着梳妆台镜子里憔悴的脸，提醒自己：我是幸运的。

她泡上一壶很浓的茶。等着茶泡好的工夫，她打开厨房门视察自己的花园。一小股恼人的风刮过，卷起细尘,扫过她的脚踝;门忽前忽后,光线时强时弱,就像是云层飘过,虽然天空并没有云。可想而知,很多事情就要中止了。就像这栋小房子,一直以来是她的私人领地,就像是她的外壳,她可以窝在里面写作,窝在里面睡觉。下午没人的时候,这里安安静静,满是阳光,然后孩子们放学回来,走进其他人的家门。那些时光仿佛凝滞了的下午,火热的阳光照在她身后的窗户上,只是让她手指飞舞,无情地敲打着打字机,仿佛手指有了自己的生命一般。随后而来的虚脱感,往往伴随着光线的改变而降临;虚脱中,她回归自己,感到肩膀和后背发硬,感到轻微的痉挛,意识到蓬乱的头发,还有沾了油墨的双手;在这种意识之下,她的心里泛起一阵恶心,仿佛是纵欲之后的感觉,与此同时,耳边响起了孩子们放学回家的声音。于是,她走出房间,走进厨房,打开后门,嗅一嗅苍穹下正常的空气,等着水壶里的水烧开。之后,她端着茶,来到简朴的白色小浴室,洗掉一天的疲惫和沉滞,把写作穿的朴素的棉布裙子挂起来。她每天的工作就是偷偷摸摸地制造与生存无关的东西,仿佛只有穿这样不张扬的衣服才合适。她的卧室凉爽,只有上午的阳光才照得到这里。有那么一会儿时间,她精挑细选，穿衣梳头，很久以前她也有过这方面的训练，接下来，她想都不用想，娴熟地绾起头发，用发夹别好，郑重其事地审视镜中的自己，觉得可以见人了，就走到楼下，再给自己倒上一杯茶，终于觉得准备妥当，可以到花园了。

她心想，最想念的可能就是这个花园。其实花园的活儿她也没怎么干，大部分的工作都是蔬菜水果店的一个小伙计在干。小伙计脸色苍白得吓人，沉默寡言；语言上缺少的激情，他都用到了植物上，勤勉地照顾它们。一个星期，他来三次，都是在午餐时间；伊迪丝准备好他的午餐，放在厨房桌子上。伊迪丝担心他脸色苍白，想要激发他的胃口，而小伙子想要的不过是一个奶酪卷和一瓶啤酒，但他感觉到这对伊迪丝很重要，也就认真对待，大口吞下伊迪丝精心准备的食物。"我走了，"他站在台阶上大声说道，"可能星期天再过来。""好的，特里，"伊迪丝大声回应道，"钱放在柜子上。"对于这两个人而言，钱好像是另一回事，与他们喜欢做的家务没有什么关系。他们都用心做了家务，只是方式不一样。

一大早，还有一天工作结束后的傍晚，她坐在一张很不舒服的铁艺长椅上,铁艺长椅是杰弗里好心送给她的礼物,她以前那张摊开的柳条椅子嘎吱作响,遭到了杰弗里的嘲笑。这时的花园才是真正属于她的,她看着太阳落在树篱后面,欣慰地嗅着空气中越来越浓郁的香味。每当这个时候,她知道邻居家的小孩就会出来看她在不在(但她总是在的),小孩穿过篱笆,向她说声晚安。小孩美得让人心醉,但语言能力上有障碍,已经威胁到了她的幸福和天真。小孩来了,伊迪丝看着她费劲地说话,一个字一个字地往外吐,瘦小的身体在剧烈震动,伊迪丝就点头微笑,仿佛听得非常清楚,伸出手,稳住小孩子不停摇晃的脑袋,轻声说道:"晚安,小宝贝,睡个好觉。"接着,她吻一吻已经平静下来的小孩,让她回家睡觉。

晚上要无趣一些。到佩内洛普家坐一坐,听一听当天发生的事情;吃点东西,一半的食物都拿给特里做了午餐;再给花园浇浇水;很早就躺到床上。有时,她躺在床上的时候,外面还亮着。但她真是对光线很有兴趣,就放下手里的书,看着光线一点点地淡去,看着它变换颜色,最后变得模糊,变得无趣。于是,就到了睡觉的时间。她的床是白色的,质朴简单,也不够大。杰弗里·朗长得健壮,看到她的床,啧啧地说过不止一次,但他还是一贯的温和样子。佩内洛普也对这张床表达过看法,她本人的床可以睡得下四个成年人,平时床上堆满了各种材质的精致小靠枕,仿佛是向整个世界宣告:"我女人味十足。"伊迪丝心想,有些女人给自己搭了祭坛。她们这样做是对的,但我怀疑自己做不到。

不管怎样,婚后的大床已经在蒙塔古广场的家中安放妥当,之前杰弗里与母亲就住在那里。很快,伊迪丝就会住进那漂亮的卧室里了。她暗自认为房间的颜色有点夺目。颜色是她自己选的,但要命的也许是她寻求了佩内洛普的帮助。佩内洛普选了几家百货商场,娴熟地带她逛了一圈,同时长篇大论地给她讲述取悦男人的方法。"寡淡无味,没用的,伊迪丝,"这句话她说了好几遍,"待在雪洞一样的房间里,男人不会舒服的。你得明白他的需求。"待在不通风的百货商场里,伊迪丝觉得头晕,也觉得愧疚,原因有三:一是她感觉索然无趣;二是佩内洛普似乎对这件事情比她自己还要上心,最终她就屈服于佩内洛普的劝说;三是可怜的售货员,他那张脸瘦得可怕,她们霸占了别人的午餐时间。于是,她选了暗黄色的床罩,贵气的金黄色毛巾挂在他们深绿色的大理石浴室里,又选了几床厚厚的肉桂色缎面镶边的毯子。这些东西崭新亮丽,但她觉得它们似乎吸饱了阳光,让人透不过气来。她无法想象自己写作一天后走进这间卧室里缓冲休息,也无法想象自己躺在那华丽的柱头床上小睡。她注意到在蒙塔古广场小孩子是稀罕物,那里也没有花园,所以每天结束写作后,她的生活方式会完全不一样。但到时候她可能不会写东西了。也许再也不会写了。她可能要过上她认为是其他女人过的生活:购物,烹饪,策划晚宴,与朋友见面用午餐。她的熟人们善于交际,为人友好,邀请她参加各种小聚会,而到目前为止,她的回报都是希望她们来看一眼她的花园。我分内的事情都还没做呢,她对自己说道,那天她怯生生地看着宽敞的新厨房,心里挺高兴的。她们肯定觉得我像是个弃儿。这得改了。

于是,改变就来了。没人受到伤害。恰恰相反,人人都开心。大卫笑她变得大胆,还开玩笑说她有秘密的恋人。"你肯定是恋爱了。"他如此说道。伊迪丝不敢打破他们之间没有明说的协议,想说的话,她没有说出来,永远错过了机会。那天,她和佩内洛普一起去看预展,大卫偷偷摸摸地握住她的手。她引着大卫的拇指去摸她的中指，大卫碰到了杰弗里母亲的丑陋戒指，他僵住了，但什么都没有说。有什么可说的呢？他们从未有过任何承诺。那天晚上，他们最后一次见面，大卫把脸紧紧地贴在她的脖子上，喃喃地说道："你是认真的？"她是认真的，因为有时大卫离开得太久，也因为大卫不曾劝阻过她。但一个月之后，在她婚礼当天的早上，她依然站在厨房里，想着所有那些没有对大卫说过的事情。

钥匙在门锁里转动，声音传来，她吓了一跳。原来是她不定期来的清洁女工邓普斯特太太。邓普斯特太太脸色红润，头发新做过，光鲜亮丽，非常严肃，惊讶地看着伊迪丝。"还没有穿好衣服？"她惊奇地说道，"那至少洗过澡了吧？"

"为什么这么说？"伊迪丝说道，"几点了？"

"十点钟，"邓普斯特太太就像是对小孩子说话一样，一字一顿，慢慢说道，"十点钟了。你十二点举行婚礼，还记得吧？可能你还在嘀咕我到这里来干什么，我是监督他们送食物来的。你还记得吧？那我就说一下，免得你忘了：婚礼过后，你们要回到这里来，有个自助式午餐，然后再坐船出海。"

邓普斯特太太喘着粗气，套上了她干干净净的工作服，仿佛一想到婚姻，她就心烦意乱，而她本来就是出了名的喜怒无常。她经常一边喝着咖啡，一边给伊迪丝说她的秘密，男人就是她的致命伤。然后呢？她就什么活儿都没干。伊迪丝觉得佩内洛普从她嘴里应该是套出了更多的话，但她也觉得合情合理，毕竟佩内洛普有更多的秘密可供交换。事实上，佩内洛普和邓普斯特太太有共同之处。她们说话总是绕不开男人，对男人她们是又爱又恨，爱与恨的程度相同。邓普斯特太太说："去吧，亲爱的。你去洗澡，等你穿衣服的时候，我给你好好煮一杯咖啡。"听到这话，伊迪丝赶紧转过头，泪水刺痛了她的眼睛。她心想，这是好意。出乎意料的好意。

伊迪丝躺在浴缸里，听到邓普斯特太太指挥一群男人，声音响彻整个房子。一箱箱的香槟酒被重重放下，堆在楼下某个地方。说好的咖啡迟迟没有端上来，邓普斯特太太忙着去监督其他的事情：穿梭而入的花店店主，还来了一群女孩，她们征用厨房，做芦笋卷、酥皮馅饼、芝士小面包圈、加了糖霜的橙子手指蛋糕，还有果脯布丁。这些人进进出出，忙里忙外，小小的房子瑟瑟发抖。"布丁？你肯定是疯了，伊迪丝！"佩内洛普说道。"我母亲喜欢这个。"伊迪丝反驳道,但她知道,母亲不会赞成这桩婚事。她听得到女孩们亮开嗓子,高声说要更多的花瓶,或者隔着整座房子喊话。"萨拉!动起来!我们还要到地利根德阁路,必须在十一点半之前离开这里。哦,咖啡!邓普斯特太太,你真是天使。萨拉!咖啡!"接着,动静戛然而止,仿佛她们约好了一般。但等伊迪丝回到卧室,她发现梳妆台上摆着一杯咖啡,另有一个碟子,上面放着两片饼干。饼干肯定是邓普斯特太太带来的,因为伊迪丝不记得自己买过饼干。

她穿上精美的长袜,套上漂亮的灰色绸缎裙。佩内洛普主动请缨,要帮她物色婚礼服装,她拒绝了,坐上不熟悉的巴士,辗转去了伊灵,找到一位专做女装的波兰老裁缝,用的是精美的灰蓝色布料,有丝绸,也有毛料。她现在穿的这件就是,惟妙惟肖地模仿了香奈儿,短上衣有深蓝色和白色丝绸的镶边。维那沃斯卡太太还给她做了一件朴素的圆领女式衬衣,她戴上了姨妈安娜的珍珠项链,这是她唯一的嫁妆,也是她家人在场的唯一象征。鞋子上有蓝白两种颜色,她觉得鞋跟有点儿太高。她拿上白色手套。她不肯戴帽子,但把头发盘得比平日高一些。她看着镜子里的自己,感觉挺满意的。她看起来克制而优雅。成熟了,她想。终于成熟了。

这一天,她第一次感到淡淡的喜悦,这种感觉在体内弥漫开来,走下楼梯的时候,脸上是热情而天真的微笑。萨拉和她的朋友们(凯特?贝琳达?)没工夫理她。邓普斯特太太和佩内洛普坐在厨房桌子旁,聊着正事。伊迪丝饶有兴致地看到,佩内洛普穿着一件显然很昂贵的印花丝绸裙子,戴着一顶硕大的红色草帽,帽子的边缘在头部画出弯曲的弧线,掠过脸庞,几乎碰到了她的肩膀,裙子的每一道褶边都散发出浓郁的香味。她耳朵上的钻石耳饰,人人都知道是她母亲的东西,她不时地伸出手指摸一摸,手指上是鲜红的长指甲。邓普斯特太太对这身打扮赞不绝口。这一身真的有婚礼的喜庆感,但旁边的女孩子们穿着斜纹粗棉布的衣服,专心致志地用木头勺柄翻动着杏仁饼干,显露出粗壮的腰身,对比之下,很是奇怪。不管佩内洛普与邓普斯特太太在讨论什么,她们立刻就打住了,伊迪丝发现她们仔仔细细地打量自己,眼神空洞。她心想,谁会胜出呢?她的兴致也一样空洞。是佩内洛普,她关注并且知道男人真正的喜好?或者是我,但我只有波兰女裁缝的手艺加持？如果有男人在场，我们就可以重演《帕里斯的裁判》[1]。但如果那个男人是杰弗里（也不可能是别人），他会殷勤得体地赞美我们三个人。

一个女孩速度惊人，端出她的婚礼早餐，打破了沉默。"哦，很漂亮，"她说道，"要不请你到外面去？我们得准时离开，还得清理打扫。祝你好运，一切顺利！"

于是，伊迪丝只能在花园里转悠，而佩内洛普和邓普斯特太太继续在厨房里监督女孩子们干活。她们希望伊迪丝意识到她是多么幸运；这两个人心照不宣，都觉得这幸运来之不易，而且伊迪丝当之有愧。"一半的时间都在做梦，"邓普斯特太太说道，"编她那些故事。有时我都觉得她不知道这是在干啥。"佩内洛普大笑起来，厨房门开着，伊迪丝在外面看到了，觉得自己应该有份儿听这个笑话。"亲爱的，她写故事的时候，我都在呢，"伊迪丝走过去，正好听到佩内洛普说道，"我就奇怪了，她怎么没把我写到故事里。"

---

[1] 彼得·保罗·鲁本斯在1632—1635年创作的一幅画。画作描述牧羊人帕里斯在三位女神中评定维纳斯最美。

伊迪丝心想，我写了的。只是你认不出你自己。

但她累了，感觉有凉意，甚至很饿。她觉得自己仿佛是大病初愈，随时都可能头痛，随时都可能突然掉眼泪。她觉得自己似乎应该穿点暖和的家常衣服，最好是穿着晨袍，再来上一杯有营养的乳制饮料，慢慢细啜。她深感孤独，觉得许多新娘也许都是一样的感觉。但肯定没有多少新娘像她这样，一个人规规矩矩地坐在起居室里，时不时地站起来走到窗口，看是否有车前来。第一辆闪闪发亮的大轿车真的来了，居然是新娘走到温暖热闹的厨房宣布："佩内洛普，你的车到了。"有这样的吗？这是之前定好的，伊迪丝现在也不记得是谁做的决定，反正佩内洛普是首席女傧相，要第一个到登记处，与杰弗里和他的伴郎会合。杰弗里的伴郎与他本人很像，只是个头更大，更加困倦的样子。然后，他们就一起等着伊迪丝独自坐第二辆车，十五分钟之后到达。邓普斯特太太自己要求守在家里，用一用伊迪丝的卧室，换上她与众不同的婚宴礼服，再欢迎他们回家，张罗自助餐。

好不容易督促着佩内洛普出发了，外面候着一小群孩子，他们吃着薯片看热闹，她走得慢吞吞的，很是享受。等她走后，有片刻的平静。几个女孩子也鱼贯而出，急切地看着时间，计算着去地利根德阁路的距离。邓普斯特太太在楼上闹出动静，是在放水准备洗澡。伊迪丝站在窗边。很快，就轮到她出发了。

她坐上车，车慢慢开走，伊迪丝的脑海里出现倒放的画面，小房子的一草一木从她眼前闪过，仿佛她是第一次看到。应该把房子画下来的，她心想，真的，我真应该把房子画下来的。接着，她路过一家又一家的店铺，平日经过时她视而不见，现在却注意到它们魅力非凡：那家殡仪馆；那家药店；那个报摊，摊主偷偷摸摸地把成人杂志展示出来，大多数的封面上都是女孩子俯身从两腿之间往外张望；那家彩票站，撕毁的彩票就扔在外面的人行道上，一大堆。车子慢慢开走，带着她驶向宿命。怀着深深的怀旧之情，她看到蔬菜水果店的老板——那个塞浦路斯人，从商店深处走出来，拿着一桶水，往人行道上一泼，画出一道大大的弧线，让伊迪丝心里激荡起一阵快乐。她看到了那家医院，穿着白大褂的年轻人大步冲上台阶，然后是那个儿童游乐园、日间托儿所、卖绿植花卉的地方、一两个小酒吧，还有一个相当不错的女装店。接着，她就看到了登记处，入口前的人行道上有一小群人在聊天。她感觉自己像是来自另一个星球,看到了她的出版商、她的经纪人,还有她可怜的父亲的堂弟——一个疯狂的素食者;她还看到了她的几个朋友,好几个邻居。然后,她看到了佩内洛普,后者活力无限,正在与伴郎说话,与杰弗里说话,红色的草帽吸引了一两个摄影师的注意力。再后来,她看到了杰弗里,就那么一瞬间,但永远也不会忘记,她看到了全貌,看到了他循规蹈矩,像老鼠一样。

她身体前倾,非常平静,对司机说道:"请你往前面开,好吗?我改变心意了。"

"没问题,夫人,"司机回答道,看她举止谦逊,还以为她是客人,"你想去哪里?"

"也许绕公园一圈吧。"她建议道。

车子平稳地从登记处门前驶过,伊迪丝好像看到了一张静止不动的照片,佩内洛普和杰弗里双眼发直,惊骇地张大了嘴巴。接着场面稍微活动起来,人群从台阶上散乱地走下来,她想起了早期传世电影里的一幕,现在已当作档案保存。她觉得自己像是看客,目睹了惊天动地的一幕,这一幕里应该会有枪声,还有人倒地身亡。但是,车速度很快,快得惊人,人群被甩在了身后。仿佛是标志着她成功逃离一样，太阳出来了，热烈而炫目，挂在斯隆广场上方，这是一个宛如盛夏般炽热的日子。车子就这么匀速前进，稳稳地穿过公园。伊迪丝摇下车窗，狂喜地呼吸着新鲜的空气，开心地看着小男孩们踢着足球，几个小女孩骑在马背上，笨拙地颠上颠下，游客们瞅着手上的地图，想来是在找哈罗兹百货公司。

"再开一圈。"她请求道。现在，想到即将面临的后果，她的欣喜渐渐退去。这时，所有的人都应该到她家了吧，杰弗里有可能双手掩面，坐在起居室里；邓普斯特太太脸色难看，追问应该怎么处理这些吃的；佩内洛普展现大将风范，掌控局面。此刻，她注意到叶子动了起来，天空再次阴暗下来，她感觉很冷。很遗憾，她依然很饿。

之后的一切都很可怕。她看到众人的怒气快把她的小房子屋顶给掀翻了，但看到她的出版商和一两个老朋友在花园里细啜香槟，她还是挺高兴的。她悄悄走到楼上的卧室，发现到处都是邓普斯特太太的衣服，弥漫着邓普斯特太太的香水味。她听得到楼下佩内洛普在说话。"请随便用。至少我们还能给大家提供一点吃的。

我想不出伊迪丝现在到了哪儿。她肯定是突然病了。"听到这里,伊迪丝叹了一口气,怯生生地往楼下走,非常清楚此刻出现在大家面前,很不得体。

她径直走到起居室,一只手放在杰弗里的肩膀上。"杰弗里,"她说道,"我很抱歉。"杰弗里抬起头来,非常庄重地拿开伊迪丝的手。"伊迪丝,我对你无话可说了,"他郑重其事宣布道,"你让我成了笑柄。"

"杰弗里,假以时日,你会发现成为笑柄的人是我。"

他当作没听见:"庆幸的是,我可怜的母亲去世了,没有看到这一幕。"

他们两人都看着那枚猫眼石戒指,伊迪丝取下来,递给他。她说:"再见,杰弗里。"接着,伊迪丝就离开了房间。

"佩内洛普,我在花园里,我只想与哈罗德和玛丽说句话。"她宣布道。听到这话,大家再次难以置信地躁动起来。她拿上一杯香槟,走进花园,与她的经纪人寒暄了几句,但没有作任何解释。伊迪丝一直坐在花园里,直到确定所有的人都离开了为止。

当然，她被狠狠地谴责了一顿。她感觉就像是过了几个小时，就那么听着佩内洛普和邓普斯特太太数落她，说她这是有悖道德，说她孩子气，说尊贵信任、忠诚体面、女性的体贴温婉，这些品质她怎么都没有呢！接着，她就听到她们说，这是她最后的机会，让她给毁了。以后再也不会有这样的好事，难道她还以为会有更好的？然后，她们说，看她以后怎么抬起头做人。她们说，她只能离开，等到恢复理智，认识到犯下的弥天大错，看怎么弥补。她低下头，一言不发地听着，最后说话的声音停了下来，脚步声下了台阶，前门被重重地关上，留下她一个人。她谨慎地等了五分钟，走进房子，来到电话旁，拨通了一个电话号码。

"斯坦利，"她说道，"大卫在吗？"

"伍斯特[1]城外的拍卖会，"对方回答说，"谁去都行的。我不知道他为什么要去。"

"你能帮我联系上他吗？你能请他今天晚上过来一趟吗？尽快可以吗？对了，我是伊迪丝。"

"你不是刚结婚吗？"斯坦利并不惊讶。

1　英国英格兰中部历史名城。

"没有，"她说道，"我改变心意了。"

她上了楼，卧室已经整理好了，但还有香水的气味。她打开窗户，脱下漂亮的外套，换上蓝布裙子。她在床上坐了大概半个小时，想着自己丢脸的事情。接着，天色已晚，天气凉了，她站起来，走过去关窗户，正好看到杰弗里从佩内洛普家里出来，绝对是振奋了很多的样子。她想，这应该是出去定餐位。

两个小时后，她坐在黑暗中，等着大卫汽车的声音。她脑子一片空白，但心中充满了渴望，一种她认为是致命的渴望。这样出格的事情，人们不会一笑置之，不可避免地会走完看热闹、观望和回避的一系列过程。大吵大闹的谣言可以编造出来；尴尬的事情，也不会真正忘记。伊迪丝难过地看到，以后她就是尴尬的人。

等大卫来了，他把伊迪丝揽入怀中，什么都没有说。他把伊迪丝从怀里放出来，伸直胳膊，看着伊迪丝。伊迪丝在他脸上看到了紧张，看到了疲惫，知道这都是因自己而起。还有别的东西。他还有懊悔和警觉的神情。现在的情况太复杂，内容太多，不是他们之间不成文的协定可以承受的。因为他们都是理智的人，没人会受伤害，甚至连语言的伤害都没有。最重要的就是不要语言伤害。眼看最后一点儿的精力就要消失,她趁着最后一点儿力气,轻描淡写地说了一句。时机不合适,她说道。可怜的杰弗里是个替身,她真正需要的是出去度假。显然,她生来就不是为人妻子的料。但还有香槟酒,他们可以喝了它。最后,他们打开电视,看了一部悲惨的电影,大卫彻底放松下来,然后他们又相爱了。但向大卫挥手道别后,伊迪丝难过地发现,自己从婚礼早餐里给大卫收罗的一盘子美味,他一点儿也没动。

接下来的几天,她都耐着性子,坐在家里,等着大卫的消息,但其他人已经用她的名义定下了计划。电话铃响了,对方是佩内洛普,给她报出了这家高级酒店的名号和地址、航班信息,还有要收拾的东西。她应该消失,这似乎才是当务之急,似乎这样才能让大家满意;佩内洛普监督她的一举一动,保证她做到这一点。伊迪丝得到允许,出去与经纪人用了午餐,把自己的地址告诉他,因为大家都觉得前景黯淡,从此以后,她恐怕要靠自己的智慧生活,至少是要靠她手中的笔过活。最后一天,天空是灰色的,夏天彻底结束了,她看着自己顺从地坐在佩内洛普的车里,前往机场。邓普斯特太太说了，第二天她就来彻底清扫房子，然后把钥匙交给佩内洛普。这位太太解释说，她觉得伊迪丝恐怕是回不来了。她这样挺好笑的，很敏感。伊迪丝不得不做其他的安排。

但车子开走的时候，伊迪丝欣慰地看到特里，他比平日还要苍白，抱着一盒装得满满的地被植物，不紧不慢地走在人行道上。他看到伊迪丝，就举起空出来的那只手，手里拿着钥匙；伊迪丝也挥手致意。她想，至少花园有人照顾。

第十章

两个人默默地吃着蛋糕,身为女人,孤单单地吃着东西,没有享受可言,她们觉得无助,觉得罪恶,觉得有失风度。满口的甜味,很快让人就感觉发腻。

伊迪丝回忆了这么久，想起过去的蠢事和祸事，头痛了起来，终于在很晚的时候躺到床上，这时整个山庄一点儿动静都没有，绕湖的马路上也没有了车辆的声音。睡眠突然就降临了，就像是做了麻醉一样，眼前是彻底的漆黑一片。等她睁开眼睛，看到的是一片混沌的灰色，就像是迎接她到来的那天下午。她忘记拉上窗帘，日光照进了房间。她惊慌起来，仿佛是缺席了一段时间，而且感觉发生了什么未知的事情。她坐起来，拿起手表。现在是早上八点钟，如果没有什么固定的安排，这时间起床也挺合理的，但伊迪丝习惯于早早起来写作，有时甚至比送奶人或送报人还起得早，八点钟就太晚了，她感到罪恶，觉得很不合理。

她打电话叫早餐，然后匆匆洗澡，穿好衣服，急于抹去残留的情绪。昨天晚上胡思乱想，让她陷入了一种无序的状态。接着，她走到落地窗边，跨步来到小阳台，不承想这么冷，她打了个寒战。现在谈不上冬天，但似乎已不再是秋天。空气中没有一丝风，树木一动不动，已经显现出枝干的骨架；叶子不再往下掉，而是枯萎了，卷曲了，躺在渐渐变黄的草坪上。这个清晨，山庄的动静时有时无，仿佛没有什么人留下来。下方出口处，一个穿着羊毛衫的男人在擦车。伊迪丝认出了那辆车，就是定期带着蒲赛太太和珍妮弗出去的那辆。一个女服务生走出来，与司机说了几句话，伊迪丝听不见。那个女人打着哈欠，搓了搓脸，犹豫不决地站在那里，眺望湖面。所有的一切都让人感到懈怠，感到山庄即将闭门歇业。现在，没有人会来。望向灰蒙蒙的远方，伊迪丝几乎看不出远山的轮廓。

忧伤会带来饥饿感，伊迪丝就是这样的，她转身回房间，想着怎么早餐还没有送来。她走到床边，准备拿起话筒再叫一次早餐。居然要叫两次，从来没有这样过，她微微有些惊讶。她把话筒放在耳边，听到了另一头持续的嗡嗡声，仿佛没有人接电话。一两分钟后，她放下话筒，心想部分员工可能是淡季下岗了，干脆去镇上吧，到那儿去喝点儿咖啡。反正她也急于逃离，这个房间已成了监狱,见证了她过去所有的过失,而且她也没心情与人寒暄,下楼用餐,可能就不得已要与蒲赛母女或是莫尼卡说上几句,对了,还有那个内维尔先生。

她正在换散步的鞋子,突然听到过道上传来含混不清的说话声,一扇门打开,又严严实实地关上,甚至是重重地关上了;接着,传来高声争执的声音,主要是一个小伙子嘶哑的嗓音。不得其解的伊迪丝走到过道里,听到蒲赛母女的套间里传来嘈杂的声音,看到胡贝尔先生和他的女婿交头接耳,显然是在商量如何行动,然后又朝蒲赛太太的房间走去。两人的表情高深莫测,因此伊迪丝揣测,昨晚的活动对于蒲赛太太而言是不是多了点儿,引发了什么事故或是疾病,他们必须作出专业的酒店应对,安排老太太转移到医院。伊迪丝退回自己的房间,想要平静下来,恢复常态。她觉得,仿佛是自己在漫漫长夜的拷问内心中释放出了悲伤和恐惧,无论是何时何地的问题,她都难辞其咎;无论是何时何地的补偿,她都难逃其责。接着,她强作镇定,再次打开门,沿着过道走过去,走进了蒲赛母女的小客厅。原来自己来晚了,在场的人有莫尼卡、阿兰、胡贝尔先生和胡贝尔先生的女婿。她穿过众人,走进房间,看到蒲赛太太躺在长靠椅上，一只手放在胸口，却仍然浓妆艳抹，穿着粉红色的丝绸和服。蒲赛太太闭着眼睛；惊愕中，伊迪丝想着该做点儿什么才好，就看到胡贝尔先生走上来，握住蒲赛太太的手。他附身轻声说了点儿什么，又拍了拍蒲赛太太的手腕。小伙子阿兰涨红了脸，就要哭出来的样子，直愣愣地站着，瞪着前方，仿佛面对的是军事法庭。

"蒲赛太太，"伊迪丝打破沉默，说道，"你还好吧？发生了什么事情？"

蒲赛太太睁开眼睛。"伊迪丝，"她说道，"你来了，谢谢。"她似乎很冷淡，又像是在警告："你进去和珍妮弗坐一坐，好吗？"

伊迪丝还没用早餐，惴惴不安之下，感觉胃里抽紧了，她走进房间，想着珍妮弗可能病了或是精神失常，以为会看到一片狼藉或是狂怒的场面。她的确是看到了珍妮弗，但珍妮弗靠着枕头坐在床上，脸色绯红，表情郁闷，噘着嘴巴。她身上穿着一件晨衣，微微有些透明，低胸露背的领子滑落下来，露出丰满的双肩。

"你还好吧？"伊迪丝再次问道，"怎么了？"

珍妮弗很快地瞟了她一眼。"我很好。"她说道，没有了下文。

"我能帮忙吗?"伊迪丝一头雾水地问道,珍妮弗显然是很好的样子。

"嗯,我想再喝点儿咖啡。这里的已经冷了。"她指了指自己的早餐盘子,伊迪丝再一次感到饥饿袭来。

"只是咖啡?"她问道,"要不要看看医生或是什么的?"

"天呀,不用。你去照顾妈妈吧,好吗?她有些心烦意乱。"

珍妮弗似乎很郁闷,显得奇怪,不肯合作的样子。伊迪丝心想,她也许是在暗自生气。她为什么像这样不肯动弹呢?如果她母亲不舒服,她应该是陪着母亲的。天,这一切到底和我有什么关系呢?

她退出珍妮弗的房间,回到小客厅,发现蒲赛太太再次闭上了眼睛,胡贝尔先生在训斥阿兰,他的女婿想要干预,却没能成功。莫尼卡靠在门边,歪着嘴巴,扬着眉毛。伊迪丝一走出来,大家都抬起头来,等着她说话。

"珍妮弗想要喝点儿热咖啡。"她说道。

胡贝尔先生的女婿走到过道里,朝着门外等候的人打了个响指。没了女婿这个稳定因素，胡贝尔先生抓住阿兰的胳膊摇晃他。"蠢货，"他摇一下，就骂一句，"蠢货。"

阿兰绷不住了，顾不上面子，脱口而出："但我什么也没做！我什么也没做！"

"蠢货。"胡贝尔先生快要喘不过气来，重复说道。

"夫人，"小伙子向伊迪丝求救，"请你告诉他们，我什么都没做。"

"有没有谁可以告诉我……"伊迪丝刚开了个头。看到伊迪丝如此谨慎，阿兰再也忍不住，就像憋了好久的眼泪夺眶而出一样，他挣脱开胡贝尔先生，没人来得及拦住他。只见他冲出房间，在过道上一边跑，一边大喊："玛丽冯！玛丽冯！"一道门打开了，玛丽冯探出了金色头发的脑袋，一脸惊恐。阿兰跌跌撞撞地朝她跑去，她张开双臂抱住了阿兰，两个人头紧紧挨着，走下楼梯，消失了。

蒲赛太太的小客厅里沉寂下来，仿佛没人知道接下来该怎么办。咖啡端来了，打破了沉默，这时莫尼卡、胡贝尔先生和他的女婿选择离开。他们对蒲赛太太说，需要什么尽管打电话。伊迪丝也动起来,仿佛要一起走,显然母女俩没有生病,也没有人入室抢劫,即便有什么,也是之后再解决的事情。她朝门口走去,这时蒲赛太太虚弱地抬起手。

"不要走,伊迪丝,"她喃喃地说道,"我依然没有缓过劲儿来。"

但是,她坐起来,倒上了咖啡。伊迪丝看在眼里,觉得有了这样的社交行为,蒲赛太太的精力和定力都已经恢复。"亲爱的,给珍妮弗端一杯进去,好吗?"听她这样说,仿佛这是世界上最正常的请求一般。"我打发她躺回床上。经过这么一场混乱,我觉得我们这个上午就该休整。也许可以起来用午餐。或者让他们送午餐上来。我觉得自己不会有胃口。"她颤抖着叹了一口气。

"蒲赛太太,发生了什么事情,你能告诉我吗?"伊迪丝把指定要给珍妮弗的咖啡端在手里,咖啡香喷喷的,但她还不知道何去何从。"珍妮弗怎么了?看起来一点事儿也没有。胡贝尔先生为什么摇晃可怜的阿兰呢?"

"可怜的阿兰?"蒲赛太太昂首收颔,说道,"说得好。他是可怜,没错。"

"他到底做了什么?"伊迪丝追问道。

"什么都没做,"蒲赛太太表情阴郁,用手绢擦了擦嘴角,"但谁知道他可能会干什么呢?"

"抱歉,"伊迪丝说道,"但我依然不明白发生了什么事。"

"我昨晚睡得很不好,"蒲赛太太说道,"快要天亮了,我才睡着。接着,我就听到什么动静,醒了。是一道门。我想,有人在珍妮弗的房间里。我的心都到了嗓子眼。如果她遇到什么事……"

"但她好好的呀。"伊迪丝温柔地说道。

"于是,我挣扎着起来了,"蒲赛太太就像是没听见,继续说道,"我摁了铃。我浑身发抖,但还是强迫自己过去。我差点就要尖叫了。但谢天谢地,她安然无恙。"蒲赛太太再次擦了擦嘴。

"这样听来,我觉得阿兰只是给她送来了早餐,"伊迪丝说道,"你知道的,时间已经不早了。你睡过了头,突然醒了。现在,你挺好的,没事。"

蒲赛太太给自己倒了一杯咖啡。"哦,当然,我回到这里,好好休息了一下,但我真是吓坏了,伊迪丝,真是吓到了。"她看起来的确是心烦意乱。"当然,珍妮弗看见我心烦,她也心烦起来。我对她说,不要起床。我给胡贝尔先生说了,这层楼安排一个女仆。我可不能让那小子在这里转悠。我就没喜欢过他。瞧他那双小眯眼。"

伊迪丝一直面对蒲赛太太站着,这时她转过身,走到窗户边。她脑子里浮现出一幅画面:珍妮弗坐在床上,裸露双肩,晨衣就要落下。接着,她的脑子里浮现出阿兰,一个小伙子嚎啕大哭,从过道夺路而逃。她想起来了,但是她真的听到了吗?——门打开又关上的动静。我不知道,她想。我不知道。

一时间,她的头贴在了窗户冰冷的玻璃上,蒲赛太太在喝咖啡。她尽力平复心中的反感和不适,如果不加以控制,这小小的种子很快就会茁壮成长。她提醒自己,蒲赛太太是害怕。对于蒲赛太太而言,现状发生任何改变,都必然激发出恐惧。她老了,人又虚荣,不肯感到害怕,必然要把自己的感受转嫁到别人身上。大家都会没事的,到了晚上就会风平浪静。但是,从现在开始,我应该少与蒲赛母女接触。毕竟,我们毫无共同之处。

她转过身来，正好看到蒲赛太太用勺子把空咖啡杯里没有融化的糖舀出去。"你最好还是休息一下，"伊迪丝说道，态度比以前坚定很多，"换作我，就会安安静静地过一天。很快就会风平浪静的，大家转眼就忘了。"

"当然，他必须走人，"蒲赛太太继续说道，"我会和胡贝尔先生说这件事。我可以明确地告诉你，这事轻而易举就能办到。真是想不到，这么多年，我一直到这里来！我丈夫会做出什么来，我想都不敢想。"她的呼吸沉重起来，手再次放到了胸口上。"亲爱的，如果你必须去，就去吧。我知道你想要出门。你很能散步的。下楼的时候，让胡贝尔先生上来见我，好吗？"

伊迪丝走出去，轻轻关上门。过道里没有人，楼下也没有人。听得到澡盆放水的声音，吸尘器发出嗡嗡的声音，一下下地在工作；女仆们在一个房间里，提高嗓门在讨论什么。伊迪丝往外走，经过了前台，看到胡贝尔先生和他的女婿在亲密交谈，两人第一次如此和睦，脸上挂着成熟精明、不露声色的表情。她微微点了点头，径直从他们边上走过去，穿过旋转门。一股冰冷的空气扑面而来，湖面渐渐升起迷雾，还加上了潮气，伊迪丝打了个寒颤。她感到准备不足,情绪不佳,但本能地不愿意回去加厚毛衣。她心想,喝杯咖啡,然后再好好散散步,如果有可能,就找个很远的地方用午餐。我晚上之前都不要回来。也许,我不在这里碍事,对大家都好一些。对这一幕小闹剧,我已经没有什么耐心了。

伊迪丝的双手深深地插在羊毛衫口袋里,双脚踏在枯叶中。早上的那件事在她心中激起了不安的漩涡,现在她感到漩涡越来越大,影响了她目前的处境,还有她更持久的困扰。四周依然是灰蒙蒙的一片寒凉,在这无望的天气里,偶尔遇到的路人也非常收敛,面无表情,只有确定对方会有回应,才会谨慎地露出微笑,才会打招呼和问候。即便如此,即便天气发生了小小的改变,即便这季末带来了冷淡和忧伤,似乎都比山庄那个封闭的世界更为怡人。那里弥漫的是食物和香水的气味,关注的是人情冷暖,那里有忘不掉的过去,有警惕的眼睛,还有一纸协议上的彬彬有礼,仿佛不会发生任何不妥的事情。伊迪丝心想,因为有太多的女人。蒲赛太太小客厅里的那一幕再次浮现在脑海里,她觉得非常痛苦。如果只是误会,那真是蠢到不值一提的小误会,偏偏要小题大做,上升到情感伤害,继而会因为各种原因再次加工利用，我们其他人会在茶余饭后当作谈资，或是说个没完，或是到我们中有人离开为止。天知道，这里真是没什么其他的事情可谈。但是，这件事让蒲赛太太心有余悸，她可不习惯这种感觉，她必须说个不停，说到心安为止。她要远离这种感觉，直到她一时的虚弱成了别人的罪过，如此就驱散了死亡的阴影。她不习惯于害怕。她一直都被保护得很好，不能明白自己为什么会有弱点。事实上，她不能明白为什么别人会有弱点，会受到伤害。也许正是如此，她才如此无情。正因为她对世界一无所知，才能一路走来，进展到现在舒舒服服的随心惬意。然而，防线一旦被攻破，她也是胸有成竹，修补起来得心应手。可怜的阿兰。她低着头，视而不见地往前走。为什么可怜呢？此刻，他很有可能与玛丽冯一起开开心心地笑着。事情已经过去了，已经被忘了。但那也不太对，她有些苦恼地想。

她心烦意乱，后来慢慢平静下来，饥饿再次占了上风，她朝哈芬格咖啡屋走去。到了一看，莫尼卡已端坐在里面，狼吞虎咽地吃着一大块巧克力蛋糕，琦琦在一旁小声哀求，她就当没听见，吃得专心致志，只是稍微朝着伊迪丝的方向举了举叉子。伊迪丝坐在门边的桌子旁，喝了两杯咖啡，吃了一个奶油蛋卷。接着，她叹了一口气，但真是也感到孤单，就坐到了莫尼卡的桌子边。此刻，莫尼卡脸色阴沉，抽着烟，烟雾缭绕。她们凝目看着对方，微微点了点头。

"嗯，"伊迪丝想要制造点儿轻松愉快的氛围，"今天有什么安排？"

"伊迪丝，拜托，"对方回答道，"我今天上午心情不怎么样，没安排。我从来就没什么安排。这是显而易见的，对吧？我本以为你是作家，作家应该善于察言观色、通晓人性什么的，不是吗？我这样问，只是因为你有时让人觉得有点儿木讷。"她把烟头摁到烟灰缸里，让它自个儿冒着烟。

"对不起，"伊迪丝一边说话，一边移开了烟灰缸，"我自己感觉也不怎么样。我没说过自己通晓人性。我怎么会有这个本事？我反倒觉得，我看到的世界与我认为的世界完全不一样，我都不再相信自己的判断。可以这样说吧，我和你一样失望，可能有过之而无不及。"她难过地补充了一句。

烟雾中，她们静坐无言。窗户玻璃上再一次蒙上了水汽，到了季末，衣服架上挂着厚外套。声响断断续续地传来，或是低声的交谈，或是用勺子敲杯子招呼女服务生，两人这才意识到，对于有些人而言，这地方是他们的家。对于那些人，这间咖啡屋只是他们每天转悠的一部分，是他们的日常生活，他们不回酒店，而是回真正的房子。房子有书，有电视机，有厨房，他们可以平静地坐一坐，读一读书，或是做一做饭；还可以打开后门，扔面包屑喂小鸟；周末的时候，孩子和孙辈可以来看望他们。想到自己的小房子门窗紧闭，没有一个人来，伊迪丝感到喉咙哽咽。她想，我必须回家。但不行，还不行，悲伤依然压在心头。我要等心情轻松一些。不管怎样，总能熬过去的。

"莫尼卡，"她突然来了一句，"你喜欢你的母亲吗？"

"当然喜欢呀，"对方惊讶地说道，"尽管她疯疯癫癫的。小剂量服药，完全能解决问题。但是，当然喜欢呀，我非常喜欢她。为什么问这个？"

"我只是偶然觉得，我这样的女儿肯定很反常。我母亲死了，但我很少想起她。即便想起来，也是一种惆怅的渴望，而她活着的时候，我从未有过这种感觉。痛苦。我觉得她可能就是这样看我的。我想念她，也只是希望她活着瞧一瞧，我跟她一样，更喜欢男人而不是女人，这是她唯一看重的东西。"

"谁又不是呢？"莫尼卡说道，她的眉毛弯到了极限。

"我觉得，也许是今天上午的那桩蠢事让我醒过神来了吧，有些女人拉帮结派，因为她们仇恨男人，害怕男人。我知道，这是显而易见的。我真正想说的是，我害怕这些女人拉拢我，让我与她们同仇敌忾。我说的不是女性主义者。虽然我不能和她们惺惺相惜，但还是理解她们的立场。我说的是极端的女性。她们心里全是算盘，嘴上一句不说，觉得什么都是理所应当的，沾沾自喜地消费男人。她们要优待，要宠溺，要特权，还要有权毫无逻辑，大惊小怪。她们是自我崇拜的团体。这样的女人让我觉得可耻，让我觉得可怕。我觉得，相比之下，男人更容易对付。也许女性主义者应该重新审视现状。"

说到这里，她打住了。虽然深有感触，但她说出来的话没多少意义。她想，有问题的人其实是我。我太温顺了，别人就看不到我的要求。或者答案更简单：我根本就没有提出要求。荣誉也是这样的。要让大卫来说，荣誉就是打烂的一手好牌。只有打烂后,似乎才能意识到曾有一手好牌。

"恕我听不明白,"莫尼卡说道,结束了伊迪丝的沉思,"不管怎样,我觉得你没什么好担心的。我们的内维尔先生可是看上你了。"

"哦,胡说八道,"伊迪丝抗议道,"我们只不过出去散了散步……"

"他和其他人去散步了吗?没有。我觉得,如果你没有出错牌,他就是你的了。据我观察,他还是有些家底的。当然了,他是做生意的。"说完这句话,她轻蔑地喷出一口烟。莫尼卡怎么知道内维尔先生有些家底的?不清楚。但伊迪丝不知道,这一点很清楚。

"莫尼卡,"伊迪丝疲惫地说道,"我根本不是这个意思。我并不想要内维尔先生,也不想要他的钱。我自己挣钱。人长大了,钱就是自己挣来的。女人靠男人挖矿,我厌恶这一点。"

"我觉得没什么不妥。"莫尼卡反驳道,但火力并不猛。"男人也这样。"停顿片刻,她又补充了一句。她们都没精打采的,知道无论自己说什么,从对方身上都得不到想要的回应。两人郁郁寡欢地坐在那里,想着怎么才能找个借口走开。也就几秒钟,莫尼卡示意女服务生过来,给两人点了蛋糕。也没有什么不可以,伊迪丝心想,至少我们不用回去用午餐,反正我也不饿。

两个人默默地吃着蛋糕,身为女人,孤单单地吃着东西,没有享受可言,她们觉得无助,觉得罪恶,觉得有失风度。满口的甜味,很快就让人感觉发腻。伊迪丝看到莫尼卡把剩下的蛋糕喂给琦琦,于是把自己的盘子也推了过去。

"这狗还真不怎么肥,"伊迪丝评论道,"你给它吃了这么多。"

"大部分都给吐出来了。"莫尼卡若有所思地说道,好像就要道出因果真谛一样。琦琦顶着厚厚的刘海,用无限信任的目光凝视着莫尼卡。伊迪丝心想,我在狗和主人之间插一脚,算什么?

"不管怎么说,他并不难看,"莫尼卡一边说话,一边点燃她永远抽不完的香烟,"我说的是内维尔。伊迪丝,你花点儿心思,也不难看。请不要介意我直言,你的衣服真是难看。你介意,我也这样说。但这是你的事情。真的,内维尔先生也算得上是一条大鱼。"

"我没注意。"伊迪丝如实说道。

莫尼卡眯缝起眼睛,瞥了她一眼。"我亲爱的姑娘,那人走进山庄的那一刻,额头上就贴着价签呢。"

"莫尼卡,"伊迪丝大吃一惊,说道,"你是说你爱上内维尔先生了?"

"爱?谁说过有关爱情的话?"莫尼卡停顿了一下,如此回答道。

"那是什么……"

"伊迪丝,算了,算我没说。不,我来付钱。不,真的,让我来付。反正我也要付。"

伊迪丝把沾满水汽的玻璃擦出来一块,往外一看,发现灰色的迷雾渐渐逼来,她感觉自己都要融化到这迷雾当中了。她想,这就是展现个性的时候。但她的个性本来就没有怎么被重视过,最近似乎越来越弱了,也许是昨晚忧思重重之后才这样的。伊迪丝知道,工作才是唯一的解救方法。我之前这样做过,她告诫自己,我可以再来一次。而且《月亮来访之下》的进度已经落下了。我答应过哈罗德,圣诞节的时候要给他书稿。三天了,我什么都没写,难怪我觉得压抑。我需要静下心来写作。

"我得回去了,"她对莫尼卡说道,"还有几封信要写。你准备做什么?"

"这样的天气,还能干什么?只能去做头发。来个全套。跟我朝那边走走吧。反正你也不着急,对不对?"

是的,她不着急。这位高个子女人挽上了她的胳膊,这样的接触让她觉得感动,觉得温暖。小狗在前,匆匆地穿行在落叶之中。两个女人沉默不语,缓缓地走在潮湿的树下,彼此之间很不耐烦,却又真心交付,不多不少,正好可以抵挡住更为痛苦的记忆,它们不请自来,来势汹汹。

伊迪丝心想,女人们可以分担忧伤。女人们的快乐是用来显摆的。女人们的胜利,她们化险为夷、大获全胜,需要的是听众。多嘴的女人有时会装出忙忙碌碌、火急火燎的样子,也是做给别的女人看的。她们没有团结可言。

下午两三点之间,明白人都会放松和休息,或是小睡一会儿。在这段死寂的时间里,伊迪丝与莫尼卡走在湖边死气沉沉的树下。长日漫漫,似乎没有尽头,然而两人都不急于与之了断。虽然各不相同,但两人都觉得似乎只有把握住这一天，才能应对更为不堪的日子，才能不去想她们各自深陷困境，沦为讽刺、嘲弄，甚至娱乐的谈资。然而，她们的个性，原本是给讽刺或娱乐添砖加瓦的，现在却有了蠢蠢欲动的生命力，展示出发号施令或反复无常的能力，虽然含混不清，拐弯抹角，但却威胁到了它们本身微不足道的存在。伊迪丝心想，我们两个人到这里来，都是为了免除别人的麻烦，没人在意我们的希望和愿望。然而，希望和愿望就应该公布于众，不遗余力地公布于众，振聋发聩，让人觉得有必要注意到你的希望和愿望，然后才可能肩负为你实现它们的职责。但奇怪的是，有些女人总能得到万千宠爱，为所欲为，心想事成……该怎么做，我似乎永远也学不会，她想，这一套应该是女孩在母亲膝下学到的吧？我学的东西，都是从父亲那儿来的。再想想呢，伊迪丝。你画出了错误的等号。这就是展现个性的时候。逝去的信仰，可悲的信条。

一声叹息，她们转身，顺着来路往回走，去小镇，去小镇上的美发店。街道沉闷，空荡荡的，天色暗淡，大多数人都明智地待在家里。她们转过街角，走过书店。伊迪丝随意地放慢脚步，落在后面，看了一眼橱窗。她的书《午夜太阳》，平装版，老老实实地摆在橱窗里。她想，这是我最好的一本书。但想到余生都要这样一本本地写下去，她心中顿时感到一阵寒凉。

"伊迪丝，"莫尼卡压低嗓门说道，"悠着点儿。"

伊迪丝略感惊讶，抬头一看，不远处蒲赛太太和珍妮弗胳膊挽着胳膊，从一家卖手套和手帕的商店冒了出来。一两秒后，一个店员提着三个时髦的购物袋，袋子的精美程度堪比里面装的东西，跟在母女俩后面朝车子走去。这时，伊迪丝和莫尼卡看到那辆车从对面缓慢地朝她们驶来。司机停下车，从驾驶座开门出来，穿过街道，咨询了蒲赛母女的意见，拿上袋子，回到车里。购物之后，蒲赛太太显然是恢复了健康和平静，虽然莫尼卡和伊迪丝隔得太远，听不到她们在说什么，但看得到她笑容满面，大力点头。她们不想被这对母女看见，本能地退到了书店的门道口。一两分钟后，显然母女俩已进入了旁若无人的状态，聊得热火朝天。伊迪丝和莫尼卡同时意识到了这一点，交换了一个眼神，其中既有轻松的感觉，也有无可奈何。

"看吧，"莫尼卡说道，"如果要回山庄，要么追上她们，要么就从她们身边走过，要么就跟在她们身后。"

"你不是要去美发店吗?"伊迪丝提醒道。

"也是这条路,不是吗?要回山庄,也得经过美发店。"

"我并不是很想回去。"伊迪丝说道。她觉得山庄,或者是山庄所代表的东西,让她很不舒服。

"既然这样,"莫尼卡作出决定,"我们还是往回走,再喝一杯咖啡吧。"

她们往回走在灰色的石头小街道上。这时,之前的亲密感已经破碎,成为一种不满的感觉。一天就这样浪费掉了,两人各自都在心里叹息。我应该待在房间里,伊迪丝心想,我应该用这一天来写稿子的。我写东西的时候,至少有事可做,也有收益。这样漫无目的地闲逛,没有意义,没有效果。但这只是一天而已,我并没有非做不可的事情,并没有辜负任何人。其实还好,真的还挺不错的,她心情沉重地想着。这时,她们再次走进了咖啡馆,这一次,里面弥漫着浓郁的咖啡和甜香味,客人们侃侃而谈。在座的女士们衣着整洁,冷静深沉,从容不迫,是这里下午的常客。

"让你想家了,是不是?"莫尼卡说道。女服务生们集体出动，忙于应对那些表情严肃、身体健壮的女人，她的地位似乎被取而代之，这一事实好像让她很是失落。她脸上挂着被冷落的怅然之色，手上忙着把琦琦放在一张空椅子上，免得有人来占用。

她们坐在这里，身上的异国气质让她们宛如大海中的小岛，现在旅游季节已经结束，她们与这里毫不相干，时间不对，待得太久，已成了不受欢迎的客人，只是碍手碍脚而已。她们不再受到优待；小镇已经安静下来，进入了长长的冬眠期。冬天，没人会到这里来。天气阴霾，雪又遥不可及，娱乐又太少，吸引不到人。她们感觉到了，当地人松了一口气，背过身去，对她们不闻不问，让她们意识到自己不过是匆匆过客，认识到她们本质上的虚无。好不容易，莫尼卡终于点了咖啡。接着，她们又闷闷不乐地坐了十分钟，才有忙得晕头转向的女服务生记起这桌客人的咖啡还没有上。

"想家，"伊迪丝终于说道，"是的。"但她想起自己的小房子，仿佛那是另一个世界的生活，存在于另外的空间里。她感觉自己可能再也没法回到那儿。自从离开家，季节已经更替。她也不再是那个人，也没法再一大早坐在床上，让阳光暖洋洋地照在肩膀上，看着光线的变化，不耐烦地等着一天的开始。那样的太阳、那样的光线已经慢慢淡去了，她也随之淡去。现在，她就像这天气，灰蒙蒙的。眼睛里一阵刺痛，于是她埋下头，看着咖啡，对自己说，不过是咖啡的热气熏了眼睛。她想，不能再继续下去了。

"天呀，"莫尼卡哀叹道，"好了，这下凑齐了。"

伊迪丝抬起头，顺着莫尼卡的目光朝门口一看，原来是蒲赛太太。她满面春风，挽着内维尔先生的胳膊，等着珍妮弗讨要他们想要的桌子。一个年老的男人坐在她选中的桌子边，本来正要点根香烟，却改变了心意，从空位上拿起皮包和购物袋，退到收银台付钱，同时还在戴帽子，穿外套。他离开之际，提了提帽子，向珍妮弗道别，而珍妮弗则是灿烂一笑。就在那一刻，伊迪丝注意到，珍妮弗的表情与她母亲一模一样。

莫尼卡和伊迪丝耸着肩膀，耷拉起眼睛，等着必然的召唤。然而，召唤却没有来。几分钟后，她们发现自己主动看向蒲赛母女和内维尔先生。那边显然是欢声笑语，至少蒲赛太太是这样的。珍妮弗在讲什么趣闻轶事，内维尔先生殷勤相陪，头偏向珍妮弗一边，听得很认真。伊迪丝注意到，他没有说话。唱主角的是蒲赛太太。

"好了，"莫尼卡说道，"我们现在可以挪窝了。"

她似乎心事重重。伊迪丝叹了一口气，叫服务生拿账单。两人一言不发地坐着，等着服务生拿账单过来，接着她们谨慎地站起来，朝着门口走去。

"老天，"两人挪到蒲赛太太桌边，这位太太惊讶地说道，"你们在这里！"两人面带微笑，尴尬地站着，珍妮弗和内维尔先生报以微笑。"就你们两个人，这一天都在干吗呢？"蒲赛太太问道。

"不过是休息，"伊迪丝很有些迟疑，"蒲赛太太，你感觉好点儿了吗？"她注意到，从远处望去光彩照人的蒲赛太太，近处细看，相貌还真是有点崩。她颧骨的腮红更加明显，眼影更蓝，嘴巴的颤动也稍稍明显些，口红也花了，然而，那股劲儿还在，不可战胜，不肯放弃，不肯屈服，不肯让步，不肯退下，不肯待在幕后。令人钦佩的蒲赛太太呀，伊迪丝心想。她引人关注，众人瞩目的璀璨就是她的盔甲。她会比我们所有人都活得长久。但伊迪丝重复问道："你感觉好点儿了吗？"

蒲赛太太眼皮往下一垂，然后又往上一扬。

"是的，亲爱的，谢谢关心。多亏了这两个可人儿，我差不多恢复了。但只要想起……"

"必须得走了，"莫尼卡说道，"我约了人做头发。来吧，伊迪丝？"蒲赛母女和内维尔先生仰着脸看着她们，伊迪丝没有说话，匆忙之间，她流露出遗憾，点头道别，跟上莫尼卡来到外面街上。

她不记得具体是怎么回到山庄的，只知道迷雾悄悄从湖面升起，一片寒意中，她再次瑟瑟发抖。回到房间，她打开热水，一直放，直到浴室里热气腾腾。她猛梳头发，梳完就那么披在肩头。她仔细看了看镜子里那张绯红的脸，走到衣橱前，拿出莫尼卡非要她买下的蓝色丝绸裙子，它还一次都没有被穿过。她拿着一瓶香水走进浴室，一股脑儿地倒进浴缸里。热水、叛逆，再加上铺张浪费，让她的容貌大为改善。等坐到书桌旁，打开笔盖，她完全变了一个模样。

"我最亲爱的大卫"（她写道）。

但她立刻提醒自己，不能在晚餐之前动笔，一旦开始，她就不知道何时才能搁笔。

她在房间里走来走去，宁愿如此沉默，也不愿意到楼下去与人寒暄。最终，她还是叹了一口气，拿起手提包和钥匙，下了楼。

沙龙里，蒲赛太太穿着黑色的雪纺绸裙子，与往日一样，珍妮弗陪伴身旁。珍妮弗看起来粉嘟嘟的，精神饱满。钢琴师整理好琴谱，询问地望了蒲赛太太一眼，这位太太不以为然地抬了抬手，摇了摇头，仿佛是在说今晚没空。钢琴师没能如愿，弹奏起了平日的选段，却没了平日的热情。博纳伊夫人一摇一晃地走进来，顿了顿，走到蒲赛太太跟前。她耳朵聋，声音嘶哑，嗓门大："你好点儿了吗？"蒲赛太太挤出一丝疲惫的笑容，挥了挥洁白无瑕的手绢，但没有回答。一时间，博纳伊夫人慌乱起来，但她已经习惯了别人对她视而不见，耸了耸肩，转身离去。"总是想怎么样，就怎么样。"她觉得她是在自言自语，但事实上在座的人都听到了。内维尔先生双脚交叉，露出好看的脚踝，坐在远远的角落里，隐藏在一份报纸后面。伊迪丝高高扬起头，朝着内维尔先生的方向走过去。

"天啊，伊迪丝，"蒲赛太太大声叫道，一如既往地精力充沛，"你的头发到底怎么了？过来呀，坐在我们这儿，让我好好看看你。"

伊迪丝慢慢走过来，坐到老位置上，蒲赛太太用一根指头撑着自己的下巴,神色疑惑。

"嗯,当然了,是不同于往日,"她终于发表了意见,"但我还是更喜欢你以前的样子。珍妮弗!宝贝儿,你觉得呢?"

珍妮弗一直在看自己的指甲,此时抬起头来,含含糊糊地微笑一下。"很好,"她说道,"挺不错的。"

"哦,但我还是更喜欢以前的样子。"蒲赛太太说道。接着,她歪着脑袋,继续端详伊迪丝,评估问题所在,直到晚餐开始才作罢。

第十一章

男人们觉得,如果搞到手的不是难于对付的奇珍异兽,自己就亏了;他们喜欢的是这种恋情的危险感。他们喜欢的是一种感觉,觉得打败了其他男人才得到了这东西。真的,不过如此而已。

伊迪丝握住了内维尔先生伸出来的手,小心翼翼地走上来,外面寒冷,她有点儿哆嗦。码头上空无一人。天气差到没有指望,对游客毫无诱惑力,留下来的客人所剩无几,也不想来。事实上,这就是这一季度最后一班船;内维尔先生摆出了这一事实,作为劝诱,说服伊迪丝同来。他似乎要收集这种令人不舒服的冷门经历,不想要别的,只是想要猎奇和嘲弄。这次远足,他仍然是衣冠楚楚,看来这人真是没救了。两位美国女士穿着裤子,身着塑料雨衣,坐在露台一样的船舱玻璃后,打量着他的绿呢外套和猎鹿帽。汽船的甲板上没有人。伊迪丝觉得汽船上似乎没有别人,船静静的,平稳地从岸边滑入了湖区,驶入了灰色的迷雾当中,放眼望去,目光所及之处都笼罩在灰色的雾气中。

内维尔先生双手放在栏杆上,站姿优雅。汽船发动机震动，伊迪丝跟着这个节奏哆嗦，转过身去，不想看眼前荒凉的景色，只想看脚下的这艘船，但一种与世隔绝的感觉袭上心头，她不仅是离开了陆地，而且眼前还灰蒙蒙一片，什么都看不清楚，她感到恍惚。完全是因为软弱，她才陷入了无处可逃的境地，意识到这一点，她觉得很不舒服。我本来可以待在房间里，整天写东西的，她暗自思忖，但一想到此，她就觉得像生病了一样。事实就是，像这样的地方，几乎没有什么消遣，人害怕的是自己的无聊。说什么撒旦让游手好闲的人做苦力，其实这正是他不肯为之的。撒旦插手的应该是那些闪闪发亮的娱乐，不可抵挡的虚假许诺，还有可以任性妄为的诱惑，绝不是什么劳累与闲散之间的选择。那根本算不上什么选择。甚至不能指望撒旦会尽职尽责。

"怎么了？"内维尔先生扶着她的胳膊。

"没什么，"伊迪丝说道，"我只是在想，如今连作恶的机会都没有。人总是觉得自己可以挑挑拣拣，但似乎根本没有选择可言。"

"跟我在甲板上走走吧，"内维尔先生说道，"你冷得直哆嗦。这件羊毛衫不够暖和。我真希望你把这东西给扔了。谁说你长得像弗吉尼亚·伍尔夫的？无论这人是谁，都是对你极大的伤害，但你可能觉得是赞美吧。至于说作恶，只要找对了地方，还是有很多机会的。"

"我似乎就没找对过地方。"伊迪丝说道。

"这是因为你没有全心全意地去找。你还记得吧？我说过的，我们就是要改变这一切。"

"我真不知道该怎么去变。如果只是扔掉这件羊毛衫，我觉得应该跟你说一声，我家里还有一件呢。当然，那件也可以送人。但我真是提不起精神，不想要什么激进的改变。我就是没有吸引力。我不知道为什么。"

"是的，没有吸引力，"他说道，"看得出来。"

他抓住伊迪丝的手，让她挽着自己的胳膊，带着她往前走。"再转一圈，"他吩咐道，"你的脸色好些了。呼吸一点儿新鲜空气，只会有好处。苍白的女人，应该尽可能地多到户外走走。待在家里，只能憔悴枯萎，脸都没了颜色。伊迪丝，打起精神来。等你暖和一点儿，就会放松下来，心里也会愉快些。好多了。没必要一脸阴沉，我们这是出来坐船兜风的。"

伊迪丝凝望着无边无际的灰色湖面。汽船不紧不慢地开着，没有声音。现在她习惯了发动机微弱的震动，就听得到其他的动静：湖水的波浪轻轻冲刷着船身；一只鸟儿，像是湖鸥，低空飞行在甲板之上，振动翅膀；她的薄裙子贴在腿上，呼呼作响。然而，空中并没有风，感觉不到船在移动，却有一股稳稳的压力迎面而来。很远的地方，层层薄雾后面，苍白的太阳照在水面上，泛着白色的微光。他们要在乌契下船，用完午餐，下午再回来。但在伊迪丝看来，这一趟太过严肃，没法看作简单的散心之旅。空荡荡的湖面，时有时无的光线，梦境一般缓缓的行驶，似乎蕴含着深刻的寓意。她知道，画家们经常用船作为灵魂的象征，有时是灵魂驶向未知的彼岸。那是死亡；如果不是死亡，也不是什么鼓舞人心的东西。愚人船，奴隶船，遇难船，海上的暴风雨，即便不是绘画大师的作品，这些元素也会激发人内心沉睡的恐惧，让他心惊肉跳，坐立不安，连最勇敢的人也不例外。这些东西的意图本来就在于此。伊迪丝再次感到了危险，感到了痛苦和压抑，感到了无家可归。

她好希望没有接受邀请，但内维尔先生的提议是在她与莫尼卡无所事事的那天之后作出的，因此就显得很有吸引力。而且，内维尔先生谦谦君子的形象背后，有一股不可忽视的力量。伊迪丝觉得,要劝他放弃,那是很难的。这一趟,陈腐老套,失当欠妥,如此没有吸引力,几乎让她觉得有悖常理;她本以为他们会再出去散散步,那种沉思默想的状态很适合她,其中甚至还隐约有一种反常的暗示,也就是说在她眼里,内维尔先生已经变得有些珍贵。但是,没有散步,内维尔先生硬是让她上了这艘可怕的船,而这像是一艘被废弃的船,没有导航员,而且没有得救的希望。他们的船在水面上如此漫无目的地缓缓漂动,驶入越来越浓的迷雾当中,而岸上真实的人过着真实的生活,对这幽灵一般的船无动于衷,伊迪丝觉得,他们就像是置身于神话中,超越了正常的存在。想到这里,她紧紧地挽住内维尔先生的胳膊,虽然这位先生本人也很奇怪,像是神话人物,但好歹是可以触摸到的真实存在。

慢慢地,也许是因为内维尔先生好意保持了沉默,她的紧张渐渐平息下来,取而代之的是一种平静的忧伤。乌契的码头渐渐出现在眼前,她也就能长吁一口气,松开了攥得紧紧的手,放开了内维尔先生完美无缺的绿呢袖口。

他们步入了一个湖边餐厅,周围都是盆栽的绣球花，他说道："到了，也不是很糟糕，不是吗？"

"周围都是侍者、名酒和百万富翁，我还真是挺高兴的，"伊迪丝勉强说道，"至少，我认为他们是百万富翁。"

"正合他们心意呢。人们说，钱会说话，若真如此那它们此刻说话的声音就恰到好处。"

他让伊迪丝坐在一张桌子边上，头顶上是条纹遮阳篷。时刻留意的侍者已经把菜单放在了他面前，他拿起菜单，说道："我要是你，就来点儿鸭肉。"

伊迪丝就当没听见。"刚才在船上，我有点儿失态。我觉得，我们好像是一去不返了。"

"回去很重要吗？"内维尔先生问道。"哦，对不起，也许那样问是失礼。请原谅。伊迪丝，怎么才有吸引力，你可能是不懂，但说到让男人不舒服，你真是很懂。"

伊迪丝露出娴静的微笑。"这是恭维吗？"她问道。

内维尔先生冷冷地看了她一眼。"我觉得只有不怎么样的女人才会这样说。你有点儿魂不守舍。算了，不说了。你没必要扮嫩，不用昂首收颔，露出酒窝。这是恭维吗？我的天！我希望你不会变成那种女人，靠在桌子上，一手托着下巴，说：'你在想什么？'"

"好了，好了，"伊迪丝突然就感到了开心，"我到这里来不是考试的，我是来放松的。"

"其实这两者并不矛盾。"那种说不清道不明的微笑又浮现在他的嘴角。他点的菜很不错。鸭肉放到伊迪丝面前的时候，她的表情开朗起来，脸色也红润起来，内维尔看着也挺高兴的。他动作娴熟，几刀下去，他那份鸭肉就没有了。然后，他往椅背上一靠，点燃了一根雪茄。太阳出来了。伊迪丝坐着不动，仰起脸，懒洋洋的。

"说到回去，"内维尔先生说道，"你是怎么想的？我不是说回酒店，肯定是要回酒店的；我说的是回到你平常的生活中。我只是问问，因为我这个周末就必须回去了。"

伊迪丝脸上慢慢没有了微笑。她必须得面对回家，或者说回去这一点，回去需要决断，但她发现自己不愿去想。现在这样是她人生中的插曲，虽然不舒服，却免了她思考将来的必要性。此时此刻，在这个舒舒服服的户外餐厅，坐在石头平台上，待着不动，而且同伴的个性和见识还真是不同寻常,她更是不愿意往深了思考。

内维尔先生斜靠在椅子上,注视着伊迪丝的脸。"我来猜猜看吧,"他温和地说道,"看我能不能猜出你的生活。你住在伦敦,收入挺不错的。你参加酒会、宴会,还有出版商的派对,但这些呢,你都不是真正喜欢。大家见到你都挺高兴的,可他们都不是你交心的朋友。你一个人回家。你很在意自己的房子。你有过情人,不止一个,但与你的朋友们相比,真是小巫见大巫。当然,你的朋友们觉得你根本没有情人,表面上是为你担忧,其实是在炫耀。你是知道的。但是,伊迪丝,你有不为人所知的生活。你看起来仿佛是一股清流,其实并非是表面的样子。"

伊迪丝一动不动地坐着。

内维尔先生小心翼翼地把雪茄烟灰抖落在烟灰缸里。

"当然,你会说,这都不关我的事。我也会说,这的确与我无关。就像我如何消遣,也与你无关一样。无论我们最终达成何种安排,都必须小心地避开这些雷区。"

"安排?"伊迪丝重复了一句。

内维尔先生往前一坐,双手放在桌子上。突然,他看起来像是年轻了一些,没有平日那样内敛。平日里,他看起来就是一位五十来岁富翁的形象,细致讲究,从容悠闲,有一种苍白的魅力。这种男人很在意自己的生活方式,其欲望可能会转为某种无伤大雅的嗜好,比如说收集铜版画,或者是寻宗问祖,撰写家谱。这种男人肯定有个很不错的图书室,但很难想象他在其他房间里是什么样子。

"伊迪丝,我觉得你应该嫁给我。"他说道。

伊迪丝难以置信地睁大了眼睛,直直地盯着他。

"我来解释一下,"他保持住了冷静,有些匆忙地说道,"我不是浪漫的年轻人。事实上,我非常挑剔。我有一处小庄园,一套非常不错的房子,是摄政时期[1]的哥特风格,堪称典范之作。我收集的粉彩瓷器小有名气。我敢肯定,你喜欢美丽的东西。"

"你错了,"伊迪丝冷冰冰地说道,"我什么东西都不喜欢。"

"我在海外有很多生意,"他忽略了伊迪丝的这

---

[1] 英国1811—1820年。

句话，继续说道，"我喜欢玩乐，时不时地就离开家一段时间。我不在的时候，有对夫妇住进去帮我照看房子，但这样的家，我不想回去。这样的安排，你是不二人选。"

他们陷入了可怕的沉默。账单压在烟灰缸下面，不起眼，在风中摆动，伊迪丝就全神贯注地盯着看。等到再次开口，她的声音有些颤抖。

"你这像是描述了一份职业，"她说道，"但我并没有申请这份工作。"

"伊迪丝，除此之外呢？你愿意回去，回到空荡荡的房子里去？"

她一言不发，摇了摇头。

"你看，"他继续说道，"我不能让家里再次爆出丑事。前妻跟人跑了，我成了笑柄。我本以为拿出尊严来，就可以熬过去，但尊严没有用，反倒是反作用。别人就想看你崩溃。然而，这都是过去的事情了。我需要一位妻子——我可以放心的妻子。找这样的人，不容易。"

"现在，你在为难我。"伊迪丝说道。

"我在帮你。我观察过你，你与那些女人攀谈。

你孤独、痛苦。我一直督促你爱自己,没有爱自己的本事,你永远学不会那一套,或者是为时已晚,已成了自怨自艾的女人。你觉得孤独的时候,流露出的全是痛苦。摆在你面前的道路只有流落他乡,只是形式不同而已。"

"为什么你会觉得我的人生如此绝望?"

"伊迪丝,你是淑女。你可能已经注意到了,如今淑女已经不吃香了。做我的妻子,你就会如鱼得水。不结婚的话,恐怕在别人眼里,你很快就会变得傻头傻脑。"

伊迪丝忧伤地看着他。"你不在的时候,我在你非常不错的房子里干什么呢?"她问道。还有你在的时候呢?她心想,但并没有说出来。

"你现在干什么,那时候就干什么呀,只会干得更好。如果你想要写东西,就继续写。事实上,你会写得更好,好到你都想不到。伊迪丝·内维尔,用这个名字写书,挺不错的。你会有你需要的社会地位。你会变得胸有成竹,练达老道。你也成就了我,这也会让你感到满足。你不是男人害怕的那种女人,她们歇斯底里,卖弄招摇,招蜂引蝶,吹嘘自己的风流和战果;她们觉得只要能够招待朋友，不招惹朋友的丈夫，就能为所欲为。"

"女人也害怕这种女人。"伊迪丝喃喃地说道。

"不，"他说道，"大多数女人就是这种女人。"

伊迪丝抬起头来，看着他。"我还以为男人就是喜欢这种女人。我还以为男人们对你给我描述的那种宁静的婚姻不屑一顾呢。"

"从某种意义上说，是的，"他回答道，"男人的确喜欢那种女人。男人们觉得，如果搞到手的不是难于对付的奇珍异兽，自己就亏了；他们喜欢的是这种恋情的危险感。他们喜欢的是一种感觉，觉得打败了其他男人才得到了这东西。真的，不过如此而已。打败其他男人。只有当其他男人站起来，开始抢夺他手里的东西的时候，男人才会意识到这种关系是多么脆弱，多么乏味。一旦被这种事缠上，就什么都干不了。"

"你再次极大地恭维了我，认为我是没人要的女人。"

"我是在恭维你，因为我认为你知道调情和忠诚之间的区别。我是在恭维你，因为我认为你绝不会做出让人飞短流长的事情来，也不会让男人脸上无光。我是在恭维你，因为我相信你不会让我背负耻辱，不会让我沦为笑柄，不会伤害我的感情。要男人承认在这方面受到了伤害，那有多难，你知道吗？我真的经受不住第二次了。"

"但那天你还在宣扬自私的论调。你说的是以自我为中心。这又如何能分享呢？"

"远远没有你想的那么难。我并不是让你为了爱而放弃一切。我只是让你看清你真正的切身利益。我要说的道理，你可能也察觉到了：谦虚和善良拿在手里，就是烂牌。我提议的是一种最为开明的合作关系。你也可以说，这是建立在尊重基础上的合作关系。顺便说一下，尊重也不吃香了。如果你想要情人，只要安排得妥当，那就是你的事情。"

"如果你……"

"当然，这一条对我也适用。对我而言，这就是小事一桩。这种事情传不到你的耳朵里，你也不需要在意。我们之间的结合，是共同利益，是相互尊重，是志同道合。现在，对于我而言，这几点很重要。对你，这几点也很重要。想一想吧，伊迪丝。你规规矩矩地生活，有没有想过随心所欲而不需要背负责任呢？别人粗鲁无礼，你还要以礼相待，不累吗？"

伊迪丝埋下了头。

"当然，你可以款待你的朋友们。你会发现，她们对你会大不相同。这就又回到我以前说过的话了。你会发现，自己想怎么样就怎么样，就像其他人那样随心所欲。这就是世界的规则。你会因此而受到尊敬。别人待在你身边，终于感到了舒适。伊迪丝，你很孤独。"

长长的停顿之后，伊迪丝抬起头来，说道："天气冷了，我们回去吧？"

汽船上装了一群学生，很小的学生，有些孩子的个头也就比栏杆高那么一丁点儿。他们并没有吵闹追逐。船刚刚离岸，老师就把他们叫进了玻璃观光室，好像要上什么课。他们很听话，就像一群燕子一样，转身走了，甲板上只剩下伊迪丝和内维尔先生。

现在更冷了，下午的时光在一点点地逝去。起了一点儿风，宣告冷空气即将来临，空气中有了冬天的意味。伊迪丝似乎看到了自己的房子：门窗紧闭，里面没有火，落满了灰尘；信件堆在门口的地毯上，没有人去拆读；窗户脏了；房间里没人打扫，空气浑浊；窗帘上经久不散的是以前家里食物的气味。而她已被忘记，电话也不再响起。年轻活泼的秘书们收不到回复,不耐烦地从出版商派对的名单上划掉了她的名字。她的经纪人,善良的哈罗德,摇了摇脑袋,也放弃了她。大卫呢,有消息吗?如果她回去了,大卫是怎么想的?大卫是否高兴她回来?她回去追求答案吗?她受得了吗?如果大卫不在呢?她应该到哪儿去?她不在的这段时间,大卫可能遇上了麻烦;也许他去度假了,病了,死了。或者他很满意目前的状态,开开心心的。风撕扯着她的头发,她苦恼地伸出手,一拉,头发摆脱了发卡,吹散在脸庞上。是真的吗?她心想。我真的是那种心如止水、忠实可靠、不用他操心的女人?或者我只是与众不同,小心谨慎,绝对不会小题大做,不依不饶?他的前妻就是难于对付的奇珍异兽,让他苦恼不已,受够了,换成我,他正好休养将息?或者对于他,我只是一首动人的插曲?或者他高估了我,认为我本是练达之人?难道他认为我跟他做一样的事情,一样地自私?

"伊迪丝,"内维尔先生说道,"请不要哭。我受不了女人的眼泪;看到女人的眼泪,我就想揍她。求你了,伊迪丝。来,用我的手帕。伊迪丝,让我帮你擦一擦眼睛。你有一双银色的双眸,你知道的,对吧?

来吧。"

这是她第一次靠在内维尔身上,哭到疲惫。她闭上眼睛,依然靠在内维尔先生的肩膀上,内维尔先生伸出胳膊,扶着她。

"你很瘦,"他说道,"我真怕一旦用劲,就把你拦腰折断了。但这个还是以后再操心吧。"

等她直起身,双手扶在栏杆上,看到已是黄昏时分,或者说下午的暮光在不知不觉中就会加深,变成夜晚。她看得到对岸的灯光,似乎是欢迎她回来的灯光,那是杜兰葛山庄的灯光。

他们靠在栏杆上,没有说话。看得到码头了,内维尔先生转身对着她,但她抬起手来示意对方不要出声。孩子们在老师的带领下,再次排队走上甲板;成年人千思万虑的瘴气肯定不会影响到他们。他们鱼贯而下,鞋子踩在木板上,发出吧嗒吧嗒的声音。伊迪丝和内维尔先生沉默不语,站在栏杆边,望着湖岸。

"所以,"长长的沉默后,她说道,"我会住进你的房子——摄政时期的哥特风格,典范之作,还有你收集的粉彩瓷器。就像是魔棒一挥,我凭空腾起,离开了现在的生活。我会变得成熟老练,轻松自如,世故练达，谨言慎行。我要提供风平浪静的婚姻生活，确保你的情感绝不会再次受到伤害。"

"还有你的，"他说道，"你也一样。"

"我不爱你。你一点儿也不在意？"

"不在意。我反倒觉得安心。你不爱我，我就没有情感上的负担。没有浪漫的期待，也能安排下这一切。"

伊迪丝转身看着他。她的头发被吹了起来，在风中打着旋儿；她眼睛沉重，嘴里感觉发苦。

"你不爱我，对吧？"

他露出微笑，这一次笑得伤感，没有了那种暧昧含糊的感觉。

"不，我不爱你。但你让我放下了戒备。你打动了我，触动了我，而我已经不想再这样。你就像是一根神经，本来我已经掐死了它，却发现它又活了过来。我会尽我所能，尽快再次掐死它。毕竟，我要的不是失去我的中心地位。伊迪丝，我们必须下船了。来，我牵着你。"

他们牵着手，默默地走在码头潮湿的木板上，随后走上了砾石小路。雾气随着黄昏再次降临，模糊了街灯，掩盖了日常的动静。傍晚本来就没有多少车辆和行人，现在更少，在他们身后，空荡荡的湖面寒气逼人。

"我还得再考虑考虑。"伊迪丝终于打破了沉默。

"我希望不要太久。我不打算一而再、再而三地向你求婚。如果我们要一起离开，那就是在周末，你得快一点儿。"

她抬起眼帘，扫了内维尔先生一眼，对方语气突然快活起来，她吃了一惊。这么快，内维尔先生似乎就修复了必要的自尊，她也因此多了一点儿勇气。

"我可以再问一个问题吗？"她说道。

"当然。"

"为什么选我？"

这一次他的笑容再次变得不可捉摸，彬彬有礼中带着讽刺。

"也许是因为你更不容易搞到手。"他回答道。

第十二章

然而,告别的本质就是要觉得遗憾,在这个房间里,她自始至终都独自一人。她知道,日后想起它,回忆中会有一丝温暖。也许,这里安静而褪色的尊贵质感会成为象征,象征她本人最后的一点尊严,而这点尊严也将在恐慌、冒险,或仅仅冰冷的理性的重压下成为齑粉。

洗完澡，换好衣服，再次牢牢地绾上头发，伊迪丝坐在房间里，等着到时间下楼用晚餐。

她觉得终于与这个房间做了了断，或者是这个房间与她做了了断。然而，告别的本质就是要觉得遗憾，在这个房间里，她自始至终都独自一人。她知道，日后想起它，回忆中会有一丝温暖。也许，这里安静而褪色的尊贵质感会成为象征，象征她本人最后的一点儿尊严，而这点儿尊严也将在恐慌、冒险，或仅仅冰冷的理性的重压下成为齑粉。

也许正是她冰冷的理性让她备感折磨，双手像老年人一样发颤。她猛地站起来，走向窗户，拉开窗帘，但什么都看不到，眼前漆黑一片，只听得到偶尔有轮胎辗过路面的沙沙声。天气已经撑不住了，雾气凝结成了细雨，哀伤地落下来。挥之不去的潮气就是气候乏味的坚持，它终于找到了本来的表达方式。她想到外面的阳台上坐坐，想在铁艺桌子上写写东西，也是不能够了。不管怎样，这本书没能进展下去，也许从一开始就注定了要被放弃。我总是凭借意志写呀，写呀，一直写到自己接受现实为止。为什么这一药方不灵验了呢？难道是因为现在这一过程就像是忏悔者所穿的粗毛衬衣，只是谋求重新得到上帝的青睐？放弃这样的努力，难道不是令人身心舒畅的事情吗？她就像道别一样，手拂过那份字迹清晰的手稿，把它放进文件袋，又把文件袋放在行李箱的最底下。

她被自己的举动吓到了，仿佛脑子里还没有明确的决定，就制定下最终的行动方案。这是事实，她已认定了这是最后的方案。看吧，不再穿的裙子，她开始折起来，装到箱子里，而且越干越有劲头，鞋子、书和香水瓶就那么一捆，塞进箱子。到了最后，留在外面的就只有睡衣、梳子和她身上穿的衣服，在杜兰葛山庄的生活就剩下这么点儿东西。房间里也没事可干了，这里又成了那个冷冰冰的房间，等着新季度到来开始迎接下一个客人。伊迪丝走出房间，关上门，下楼去沙龙。

这里也没什么动静，似乎大家都决定要离开了。

钢琴师已经安排好了,冬天回去给没有音乐细胞的女学童上钢琴课。酒店的经营者孜孜以求的就是那种济济一堂、其乐融融的社交场面,眼前的沙龙有些冷场,这种时候,胡贝尔先生总是略感失望,遗憾地看着这空荡荡的地方。他的风湿又发作了,阵阵疼痛,这是征兆:冬天要来了,他也要流落异乡。只要杜兰葛山庄一歇业,他就要住进女儿和女婿在西班牙的别墅。到了那里,他就没有什么可监督的了,只能在明媚的阳光下无所事事,灰心丧气。做客这件事,他一窍不通。还有一个星期,他们就要歇业了。博纳伊夫人的儿子会来接她,再把她转运到洛桑的一处教会养老院,这位老母亲就在那里坚忍不拔地度过冬天。那个养狗的女人会回家,躁动和兴奋已经给她美丽的面庞添上了红晕。胡贝尔先生对蒲赛太太和她女儿最有感情,她们会坐上轿车前往日内瓦,再搭乘飞机,为超重的行李支付一大笔钱。但他觉得,这对母女离开自己的照顾后,是直接就回到了伦敦安全的家中。很有魅力的女人,很有魅力,女儿也许逊色了那么一点点。恰当的时候,他们会互寄明信片,保持联系。如果都还活着,他们第二年肯定会在这里再次相见。他对另外两位客人没什么兴趣,他们不是老顾客，而且他知道他们不会再来。

没有了平日的严格约束，山庄的工作人员闹腾了一些，公开在聊天。阿兰和玛丽冯原来是表亲。冬天，他们就回弗里堡[1]，在玛丽冯父亲的餐厅里工作。经理与平日一样，盘算着如何劝说岳父彻底退休，但他也知道是白费工夫，这一天永远不会到来。

有那么一会儿，沙龙里就只有伊迪丝一个人，她想起来到这里的第一个晚上。发生了太多的事情，这段时间并非完全令人惬意舒心。回望过去，她觉得第一次坐在这里的自己更勇敢、更年轻、更有决心，觉得只要忍耐过放逐这一关，还能依然故我，回国返家。现在看来，那就像是个笑话，也许她只是故意那样想而已。自从来到这里，她感觉人生第一次有了成年人的严肃态度，从此以后，所有的决定都能有这种谨慎的稳重感，而她从未想过自己还能这样。她就要进入一个崭新的世界。在这之前，她本能地觉得那是别人的世界，没有她的份儿。那个世界里除了有别的东西，还有投资、修理房顶和周末的客人。是开你的车，还是我的？她听到大

1　瑞士西部城市。

卫对他妻子说过这样的话,这样的话语中仿佛有图腾般的深意。在其背后,她瞥到了一系列的理所当然。他们都有很多理所当然的东西,就这样长大了,年纪轻轻就进入了成人的享乐中,没有恐惧,养尊处优,备受宠爱,对任何严肃的或是泄气的事情都有一种差不多的不耐烦;他们反应快,有魅力,有热情,忘性大。他们以及他们那一类人不容易深沉。但伊迪丝不一样,她年轻的时候安安静静、唯唯诺诺,为了战胜失望,学会了不去要求。她非常清楚什么是深沉,在这一肃穆的时刻陷入了沉思,之后她就要与之永别。

她再次抬起眼帘,看到远远的柱子边,那团暗影已经变成了博纳伊夫人的身影,也许她一直都在那里。博纳伊夫人双手放在拐杖上,灰扑扑的面纱上面的亮片吊下来,落在同样灰扑扑的黑色裙子肩头上,她似乎在思量马上就要搬走的事情。伊迪丝心头一震,猛然想到,博纳伊夫人并不是要搬到令人羡慕的成人世界,她要去的地方没有光鲜的享乐生活。伊迪丝的脑海里浮现出一个黑暗的小房间,位于洛桑,食物更少,服务更差,更没有尊严。博纳伊夫人整天能做什么呢?洛桑那样的荒凉之地,即便是挂着拐杖,也没有什么好地方可以闲逛。冬天会很漫长，非常漫长。侍者出现在沙龙的门道口，伊迪丝站起来，走到博纳伊夫人身边，伸出胳膊，扶起她来。对方的脸上露出了开心而迷惑的笑容，一闪而过。就在此刻，莫尼卡身穿一条火红色的裙子从酒吧漫步而出，那么灵动，那么美丽，想到回家，她整个人都焕然一新，恢复了活力，大声叫道："等等我！"于是，博纳伊夫人一边挽着伊迪丝，一边挽着莫尼卡，阿兰替她拿着拐杖，她高高扬着头，脸上是看穿一切的表情，通身是凌驾一切的气势，稳稳地走进了餐厅。胡贝尔先生赶紧上来迎接（"还真会选时候。"莫尼卡鄙夷地说道），博纳伊夫人温情地拍了拍两位后辈的手，然后微微点头，算是给这位先生打了招呼。一位侍者热情地给夫人拉出椅子，安顿她坐好，博纳伊夫人平静地看起了菜单，但整个晚餐时间，她都高高地扬起头，微笑时不时地回到她的脸上。

晚餐进行到一半，蒲赛太太才穿着她精致的淡紫色羊毛外套走进餐厅。她的出场再次让伊迪丝感叹。这位太太体型丰满，金发夺目，香水的芬芳弥漫四周，几乎掩盖了珍妮弗的存在。女儿同样的精致打扮，却显得粗糙些，少了些细腻，少了些自我，少了一些对这些重复享乐的热忱。胡贝尔先生从座位上起身迎接蒲赛太太，领她到桌子边。伊迪丝总是饶有兴致地看着，发现自己的注意力转到了谜一样的珍妮弗身上。珍妮弗对晚上的寒意无动于衷，穿着张扬，低领蓝色的丝绸紧身衣，白色的灯笼裤。她看上去就像是有钱人家的大姑娘，正要坐上某人的车，去时髦的迪斯科舞厅夜场，但她的注意力还是像以往一样，全在她母亲身上，仿佛听她母亲说话就满足了所有的社交需求。伊迪丝一直看着她们：手一扬，餐巾展开；把葡萄酒汩汩地倒入酒杯；掰开面包，把汤舀入口中，久久地闭上眼睛，细细品味。伊迪丝注意到，她们旁若无人，仿佛只感觉到了自己的存在，仿佛这顿晚餐只是为了满足她们母女无懈可击的胃口而准备的。

到沙龙里喝咖啡的时候，伊迪丝发现蒲赛太太对自己有些冷淡。也许是这位太太傍晚早些时候注意到她与内维尔先生一同归来，记在心里却没有加以评论。不管怎样，伊迪丝还是得听蒲赛太太谈论她的计划，大谈特谈，而且不会对别人的计划有任何兴趣。什么叫作礼尚往来，蒲赛太太是压根儿不知道的。她就是要在社交场合一枝独秀，以前她得逞，那是因为她的美貌，还有丈夫默不作声的宠爱,现在她来得更为野蛮。她侃侃而谈,说马上就要整理行李,太多东西了,一想到就头痛;还说要让管家安排好车到希思罗机场来接她们,并且让管家准备好清淡的晚餐,用餐盘装好,放到蒲赛太太的卧室,母女一起用餐。

"旅行一趟,我就累得不行。"蒲赛太太对伊迪丝吐露道。

"但你去过很多地方呢。"伊迪丝回应道。

"嗯,这都是因为我丈夫。他去哪儿,都要带上我。他傻傻的,说什么没办法离开我。"

她的笑声中充满了回忆。"你知道的,后来就成了习惯。当然,如果没有珍妮弗,我也没办法做到。她还愿意与自己的老母亲待在一起,是不是,宝贝儿?"

这对母女又一次充满爱意地紧紧握住了手,互相亲吻,脸上是光芒四射的微笑。但伊迪丝觉得珍妮弗看起来像是有心事,她无动于衷的表情中仿佛少了一些善意。但在浓浓的爱意交流中,这一点点表情被冲走了。伊迪丝心想,那肯定是我凭空想象出来的。今晚,我有些病态。

"你们什么时候出发?"伊迪丝问道。

"哦,只要他们还不烦我们,就待到下个周末。"又是淡淡的笑声。

"我……"伊迪丝刚开了一个头,但被蒲赛太太打断了。她大声叫道:"天,菲利普在那儿!你这个坏家伙,到哪儿去了?珍妮弗还以为你抛弃我们了呢。宝贝儿,给菲利普拿点儿刚煮的咖啡来。你怎么这么晚才来?"

"有几个电话要打。"面对这位太太的强行要求,他是一脸的心甘情愿,"但似乎总是占线。"

"肯定是生意上的事情吧?"蒲赛太太头一扬,很理解地说道,"我知道的。我丈夫就是这样,无论到哪儿,都有电话要打。有时,我甚至威胁说要把电话线拔了。'生意是生意,娱乐是娱乐,不要混在一起',我以前就是这样对他说的。其实,他也没有把生意放在第一位,只要有我在,他就没那样做过。"

"有些安排,总是必须做的。"内维尔先生面带微笑地说道。

"安排?听起来好像你要丢下我们了。珍妮弗!菲利普要走了,就留下我们母女二人。"

珍妮弗从指甲上移开目光,抬起眼帘,微微一笑。

"我后天就出发。"内维尔先生不露声色地说道。

"那趁你还在，我们一定要让你多陪陪我们，"蒲赛太太大声说道，"你明天不会又打算悄悄消失吧？今天上午，我们等了你好久，是不是，宝贝儿？"

伊迪丝心想，显而易见，除非我同意他的条件，否则我就是"隐身人"。他是对的。如果我不嫁给他，就是这么一回事，永远都会是这么一回事。他想让我明白的，也就是这个。非常好。但首先我还有件事情必须得做。

随之而来的就是沉默，她意识到，做决定的时刻来到了。

她站起来。"请原谅……"她刚开了个头。

"哦，当然，伊迪丝。晚安，亲爱的。"

"不用站起来。"伊迪丝对内维尔先生说道，一只手很坚定地放在了他的肩头。这个动作会不会被解释为亲密，伊迪丝并不在意。她突然就非常厌烦自己沉默寡言的个性。伊迪丝转身离去，强烈地感到身后的沉默中仿佛蕴含了千言万语，心想，他本应该说点儿什么的。蒲赛太太整个晚上都会挖空心思地套他的话，而他呢，虽然和气顺从，却是一句实话都没有。这里不需要我。

她的脚步很轻，没有发出声音，但她感觉自己像是个疲惫的旅行者，拖着沉重的脚步走在楼梯上。她走进了暗粉色的房间，这里如此肃穆，如此安静，她坐了下来，再次感觉自己像是被流放到此。终于，她站起来，坐到小桌子边，拿出一张纸，开始写信。

我最亲爱的大卫：

这是我最后一次写信给你，也是我第一次寄信给你。我要嫁给菲利普·内维尔了，我在这里遇到了这个男人。他的房子在马尔伯勒附近，我要住过去，应该不会再见你了。

你是我生命的脉搏。我知道不应该说这样的话，你也不想听这样的话。我把这些话告诉佩内洛普的时候，她觉得骇人听闻，觉得是奇耻大辱，仿佛我说了这些，就是自绝于正常的社会。所以，我已经烧毁了太多的船，走过了太多的桥，已经没法再回到过去的我，或者是我自认为的我了。

我不爱内维尔先生，他也不爱我。但他让我看清楚了，如果我坚持要这样爱你，我会有什么样的下场。还没有来到这儿之前，我就有些明白了；也许，与杰弗里惨淡收场的婚事就是我开始明白的结果。这一次，有了内维尔先生，我不会一败涂地的。他向我保证，有了他的引导，我会成为受欢迎的女人，其实我一直都羡慕她们十足的信心和活力，当然还有她们的傲慢和放肆。事实上，她们与你的妻子很像。

在这些方面，我一直都很失败，而我偏偏爱上了一个事事都一帆风顺的男人，这也是讽刺至极。过去，我就是为你活着。然而，我多久才能见到你呢？也许一个月两次？如果偶然遇到也算在内，就多一些。如果你忙起来，一个月还不到两次。有时，整整一个月，也见不到一次。我常常想象你在家的画面，有你的妻子、你的孩子们，很难受。但更加难受的是有时我会怀疑，你在别的地方，也许就是派对上，就像你遇到我一样，碰见别的女人；她新来乍到，吸引了你的注意力，唤起了你的好奇心。接着，到了街上，到了巴士上，到了商店里，我就会端详别的女人，寻找那张符合你幻想的面庞。知道吧，虽然缺少细节，但我非常了解你。

我知道的，无论你对我有什么样的感觉，或者我应该说，曾经对我有过什么样的感觉，就像斯万说起奥德特[1]那样，我并非你的同路人。

1　斯万和奥德特是《追忆似水年华》中的人物。

我们再也没有见面的理由，当然，也许会偶然碰到吧。内维尔先生收藏了很多不错的粉彩瓷器，肯定会时不时地去拍卖场看看。这也只是想象，也许他会希望我一同前往吧。但我已经告诉了他，我对收藏不感兴趣，我觉得他应该不会坚持。

我会尽力做一个好妻子。在如此开明的时代，求婚并不是天天都有的事情，但说来也奇怪，今年我就收到了两次。两次求婚，我似乎都接受了。我是这样胆小怯懦，面对宁静的家庭生活的诱惑，觉得很难拒绝。但是，这一次我要安顿下来了。我必须得这样，展望未来，似乎没有什么可以期待了。

我的出版商和经纪人总是希望我能迎合潮流，把故事写得更带感，更刺激，也许你也像他们一样，认为我的故事里既有讽刺，又有玩世不恭的超脱，那是现代派作家的风格。你们都错了。我相信我写的每一个字。虽然我知道自己小说中的事情绝对不会发生在我身上，但我依然相信。

你知道我现在的地址，但两周过去了，你并没给我来信。所以，我以后的地址，也没有必要告诉你，因为你一样不会给我写信的。

这封信，我不知道该如何结尾。我不想指责和批评，其实我也没有权利这样做。说什么你情我愿也是好笑，因为我们两个人当中，是我更加情愿。我比你更情愿。

附上我所有的爱，永远如此。

伊迪丝

房间里一点儿动静都没有，寂静无声，她坐在那里，双手掩面，坐了很久。她感觉不到时间的流逝。相反，她似乎看到了过去，看到了沉默无声就是她的宿命。那时，她站在自己房子的窗户边，听着大卫开车远去。那时，她一个字也说不出来，看着父亲最后一次整理书桌。那时，母亲泼洒了咖啡后，她温顺地把东西端回厨房。再往后，她看到在维也纳阴暗的公寓里，自己躲在外祖母伊迪丝的椅子后面，而她的母亲和姨妈们则在发泄愤懑。如果还能听到什么，也不是当前处境下的她应该听的。"可怕！可怕！"她听到雷西姨妈大声叫道，"啊，我告诉你，太可怕了！"

等到站起来，她才想到应该睡觉了，但她最想干的事情不是睡觉，而是等到第二天早上，拿上信件，送到邮局，免得回心转意，改变决定。她看了看表，已经是凌晨一点半。她脱了衣服，躺到床上，下定决心：一定要熬过这个晚上，不要畏缩。她双颊发烫，身体微微颤抖。夜越来越深，她的肌肉放松下来，呼吸放慢，终于，她睡着了。

醒来的时候，天还黑着，但她还是起了床，洗了脸，洗了手。待会儿，等她回来，还有时间洗澡。她拿起信，重新读了一遍，装进信封里，粘上封口。她穿上衣服，梳好头发。现在，她非常平静，耐心地坐在房间里，等着前台上班的时间，去买一张邮票。六点钟了，没法继续等下去，她拿起手提包和钥匙，轻轻打开门，迈步进了过道。

她走在厚厚的地毯上，不想惊醒或是惊动还在梦乡的其他客人。她一点儿声音都没有发出，正好看到珍妮弗的房门打开，从里面冒出来的是身穿睡袍的内维尔先生。这位先生的小心谨慎不亚于伊迪丝，他没有发出一点儿声音，慢慢关上了门。夜灯非常暗，但伊迪丝还是看清了他脸上克制而暧昧的微笑。

当然，她心想。当然。

她仿佛被冻住了，一动不动地等着，而内维尔先生没有意识到有人在，他转过身，走得很快，一下子就消失不见了。

回到自己的房间,伊迪丝发现自己一点儿也不惊讶。她记得很清楚,这位先生说过的,什么保留中心地位,什么修复自尊,一个个高雅脱俗的字眼,她也许是太轻易就相信了。但并非如此,并不是全然如此。接着,她想起来了。当时,她靠在内维尔先生身上哭泣,内维尔先生伸出胳膊搂住了她。当时她就知道,内维尔先生什么感觉都没有。他很是温文尔雅,让自己恢复了常态,但他什么感觉都没有。

他轻描淡写地说什么小小的消遣,毫无疑问,珍妮弗就是其中之一。她在梦中,在似醒非醒的时候,听到过门开门关的声音,那都是真的;只是她之前没有在意,以为是做梦,更没有去想其中的深意。

她看到了父亲耐心的面孔。再想想呢,伊迪丝。你画出了错误的等号。

她觉得有点儿头晕,慢慢坐到了床边。她对自己说,现在我知道了这个,明白他很快就会在别处寻花问柳,如果还要嫁给他,我就会变成石头,变成黏土,变成他的一件收藏品。也许,他就是这样打算的,伊迪丝心想,他少了一件东西,我就是去填补空缺的。至于我得到的那些快乐，可以简单地称之为物质享乐，它们一直都在，还会一直存在下去，最终会成为我的人生。而我就会失去自己唯一想要的生活，即便我从未得到过那种生活，也无法称之为我的人生。内维尔先生的微笑永远都是这样模糊暧昧，会永远提醒我这一点。

过了一会儿，她站起来。

她走过去，来到桌子边，拿起那封信，撕成两半，扔进了废纸篓。接着，她拿起手提包和钥匙，离开房间，沿着过道走下楼梯。山庄依然这么安静，等着换班的夜班服务生站在前台，打了一个哈欠，挠了挠头。看到伊迪丝，他赶紧站起来，匆匆忙忙露出了早安的微笑。

"帮我订一张回伦敦的机票，下一班航班，"她声音清晰地说道，"还要发一封电报。"

服务生找到了必填的表格，伊迪丝在前厅的一张小玻璃桌边坐下来。"伦敦，奇尔屯街，西蒙兹，"她写道，"即将回家。"但刚写完，她就觉得这句话不怎么准确，于是划掉了"即将回家"这四个字，改成两个字：即回。

图书在版编目（CIP）数据

杜兰葛山庄 /（英）安妮塔·布鲁克纳著；熊亭玉
译. —成都：天地出版社，2022.10
ISBN 978-7-5455-7113-4

Ⅰ.①杜… Ⅱ.①安…②熊… Ⅲ.①长篇小说—英国—现代 Ⅳ.①I561.45

中国版本图书馆CIP数据核字（2022）第086921号

Copyright © 1995 Anita Brookner
This edition arranged with A.M.Heath & Co.Ltd.
through Andrew Nurnberg Associates International Limited
Simplified Chinese language edition © Beijing Huaxia Winshare Books Co., Ltd.
All rights reserved

著作权登记号　图字：21-2022-262

DULANGE SHANZHUANG
杜兰葛山庄

出 品 人	杨　政
作　　者	［英］安妮塔·布鲁克纳
译　　者	熊亭玉
责任编辑	陈文龙
责任校对	杨金原
封面设计	挺有文化
内文排版	挺有文化
责任印制	王学锋

出版发行	天地出版社
	（成都市锦江区三色路238号　邮政编码：610023）
	（北京市方庄芳群园3区3号　邮政编码：100078）
网　　址	http://www.tiandiph.com
电子邮箱	tianditg@163.com
经　　销	新华文轩出版传媒股份有限公司

印　　刷	玖龙（天津）印刷有限公司
版　　次	2022年10月第1版
印　　次	2022年10月第1次印刷
开　　本	880mm×1230mm　1/32
印　　张	8
字　　数	130千字
定　　价	52.00元
书　　号	ISBN 978-7-5455-7113-4

版权所有◆违者必究

咨询电话：(028) 86361282（总编室）
购书热线：(010) 67693207（营销中心）

如有印装错误，请与本社联系调换。